公元787年,唐封疆大吏马总集诸子精华,编著成《意林》一书6卷,流传至今

意林:始于公元787年,距今1200余年

意林萌宠

此生拜托了

《意林》编辑部 编

吉林摄影出版社
·长春·

图书在版编目（CIP）数据

此生拜托了 /《意林》编辑部编. -- 长春：吉林摄影出版社，2017.9
（意林萌宠）
ISBN 978-7-5498-3327-6

Ⅰ.①此… Ⅱ.①意… Ⅲ.①故事－作品集－中国－当代 Ⅳ.①I247.81

中国版本图书馆CIP数据核字(2017)第220288号

此生拜托了
CISHENG BAITUO LE

项目出品	意林萌宠
出 版 人	孙洪军
主　　编	顾 平　杜普洲
责任编辑	施 岚　孙 瑜
总 策 划	蔡 燕
丛书统筹	邓志娟
策划编辑	邓志娟　孟晓雯
特约编辑	孟晓雯
设计总监	资 源
封面设计	Missy Chen　杨 倩
美术编辑	孔凡雷
发行总监	王俊杰
开　　本	880mm×1230mm 1/32
字　　数	200千字
印　　张	8
版　　次	2017年9月第1版
印　　次	2017年9月第1次印刷

出　　版	吉林摄影出版社
发　　行	吉林摄影出版社
地　　址	长春市泰来街1825号
	邮 编　130062
电　　话	总编办　0431-86012616
	发行科　0431-86012602
网　　址	www.jlsycbs.net
经　　销	全国各地新华书店
印　　刷	河北鹏润印刷有限公司
书　　号	ISBN 978-7-5498-3327-6　　定价：32.80元

版权所有　翻印必究

如发现印装质量问题，请与承印厂联系退换

此生拜托了
CONTENTS 目录

第一章 你刚好萌成我喜欢的样子

- 002　可惜我只能短暂地养你一阵子/消失宾妮
- 006　雪爷养成记/原笑
- 009　扑通扑通/陈晓舒
- 014　阿嬷和她的猫/郑钟海
- 018　此狗且贪吃且傻且好奇/张佳玮
- 021　它选中了你/寇妍
- 025　我狗来福拒绝温柔/张错
- 028　小猫艾莉/Houraisan
- 031　T先生教会我们如何去爱/[美]亚历山德拉·哈尼
- 036　我的藏獒秀巴/扎西顿珠
- 041　一只名叫橄榄的鸽子/[美]劳拉·埃文斯

第二章 遇见你真好，想陪你终老

- 048　她用一生认出你，你却认不出她了/陈初之
- 053　姥爷的大狸猫/白娘娘
- 057　爱猫大老黄/高军
- 061　麦片的一生/大姜仔
- 067　一只叫"烧卖"的猫/夏达
- 069　最后它先走/大熊
- 074　黄猫/王长元

077　小乖，你来过/黄磊
082　陪你到最后/陈文茜

第三章 你与幸福之间，只差一个我

088　白象/丰子恺
092　园子里的流浪猫/阎连科
096　爱犬颗勒/严歌苓
102　暹罗猫的一夜/林清玄
108　小花/梁实秋
111　和狗说话/[日]川端康成
115　我和幸福之间，只差着一只猫/[日]村上春树
118　击夕的狗/蔡澜
121　鲁鲁/宗璞
125　我家有只小灵龟/赵忠祥
128　告别白鸽/陈忠实
131　爱听二人转的狗/鲍尔吉·原野

第四章 我就是颜色不一样的烟火

- 136 因为白骆驼知道 / 刘继荣
- 140 不吃肉 / 吉木狼格
- 145 臭蛋儿爱看热闹 / Dante
- 148 白五爷有它的猫生 / 酒无
- 151 秃儿的爱情 / 希子因
- 156 年糕的焦虑症 / 潇潇猫
- 159 三毛与白鼻子 / 邓笛
- 163 三只野猫 / 简平
- 166 十一号楼的猫 / 燕子

第五章 大事不好了，萌宠跑路啦

- 172 每辆车下面都躲着一只猫/王若虚
- 182 多想见证一只乌龟的一生/黄宝莲
- 185 狐狸朋朋/[日]团伊玖磨 译/杨晶 李建华
- 191 外院从此无老虎/佚名
- 194 狸狸是只流浪猫/江暖
- 199 世间总有一只猫，教会你成长/雷文科
- 203 给猫一个家/柯志远

第六章 相爱相杀，不离不弃

- 210 父亲与阿郎 / 扬卡洛夫
- 215 这下大事不好了/曾良君
- 220 世界上最坏的猫/苏更生
- 225 臭臭猫/陈禹峰
- 230 感谢她，让我看清不离不弃的意义/佚名
- 235 一只不符合审美标准的猫/巩高峰
- 239 黑猫/路心怡
- 242 猫的战争/沈睿

第一章　你刚好萌成我喜欢的样子

可惜我只能短暂地养你一阵子

◇消失宾妮

1

闷热的夏天,我躺在床上看那本揭示犯罪现场真实情况的《蛛丝马迹》,而它正瘫在我旁边睡死过去。书上,那些真正的CSI(犯罪现场调查人员)向我迫不及待地揭示,宠物会破坏犯罪现场。而我扭头看着它那张毛茸茸的小脸,把它扯到怀里闹醒,语重心长地说:"牛奶,答应妈,你可不能这样。"

那时我已经养了这只肥猫四年多。我接它来是因为寂寞。它刚来的时候两个月大,又瘦又丑,脾气也臭。先前的主人是读电影学院的香港妹子,妹子让这孩子养成了非人类的床不睡的习惯,于是第一夜,我和它大战三百回合,内容就是"滚下床睡你的窝去"。于是它的出现虽成功缓解了我的寂寞,但是以截然相反的方式逼疯了我。

我们起初是话不投机半句多的关系,我想拿它当玩具抱着,它恨我总把它手脚裹在怀里。它抓伤我,我也揍它,不给它吃喝。它生气了就满屋子乱拉乱尿,我是被它折腾累了才放弃了自己那点儿"爱"——被重视、被依靠、被需要——我不再折腾它,它也不再折腾我。我给它摆好食儿,因为不给,它就叫得你睡不着;我给它洗澡,不然它就带着屎疙瘩踩上我的被子。

猫真的蛮横,可是除此以外又没什么别的需要。它有时候真的寂寞了,吃饱喝足了,就懒洋洋地睡在你怀里,从此相安无事。

它对我依靠,正是因为牵着它出去玩。那是一个春天,我抱着它,它吓得指甲全陷到我的衣服或者皮肤里,而我的毛衣沾上了它的毛。我只得把它抱回去,一脚踏进自己家,就立刻听到它的哀嚎变了调,让人哭笑不得。

它长到两岁,就学会了怎么在我怀里自如地睡,哪怕我像个滚筒洗衣机一样翻滚它。它小时候嗜吃如命,朋友说这孩子以前肯定饿怕了。后来每天盆满钵满,它就再也不关心自己有多少吃的,少吃一顿也懒得跟我计较。有人告诉我越大的猫越精,可它越大越少根筋。它睡床,却不再死活要踏平我的胸口再躺下去,而是睡在我的脚边。我冬天里把脚伸出被子,就藏在它那个好似暖炉一样的肚子下面,它也不动,仍然如一摊滚烫的热水一样覆着我的脚,一梦三四年。

2

发现它能于人山人海中认出我,是搬家的那次。我从北京把它托运回长沙,我和我爸在火车站的物流部接它,它跟成箱的货物一起被摆在路边。就它这胆小的性格,仍然在那里嚎叫得好像全世界都要伤害它,谁碰笼子就竖起全身的毛。

猫的大脑比狗小多了,我真的不确定隔了五天,见识了那么多陌生人,它还认得我。于是当我爸提着它的笼子回到车里,它看看我,从尖叫到最后一口一口发嗲的变调,脸还往我伸向它脸的手蹭时,我吃惊极了,也开心极了。

它认得我,依靠我,却又不是那么至死不渝——人们常常因此给猫判刑,认为这不值得爱。可这是什么罪行呢?不过是给猫的道德捆绑。

它跟我回了家,睡我的床,黏着我,直至我离家,去各处旅行、工作,每两个月回来一两次。在这些放大的时间轴里,我妈跟我说,这孩子现在跟她比较亲。

我本是不信,后来有天回家,我妈早起去上班,牛奶从听到她出门那一刻起就满屋子哀嚎,好像在喊"不要走、不要走"。找不到我妈,它才来我房里。它看到我,就跳到我脚边,睡下,听到我妈下班回家,又抛下我去找我妈。

它不市侩,只不过找到个比我更好的人。比起我,我妈要捧着它睡在胸口,每天喂三顿,比我给的还多一顿,每天陪它玩,被它不知轻重抓得满手的道子还娇嗔:"女儿,你的小宝贝好坏啊,我陪它玩,它还凶我。"可它从来不敢跟我动粗。因为它知道,我不会做假动作,只会真揍它。

今年,最后一次回家,到夜里,小家伙已经不会主动找我一块儿睡了。我总是熬夜,半夜摸去客厅喝水,顺便想把它找出来拖回房好好揉一把。但在黑暗里,我看见它正傍着我妈,两个胖姑娘睡得又美又和谐。我犹豫了会儿要不要把它抱走,最后还是作罢。

它离开我,是因为我的庸碌和自我,我凭什么叫它拿生命等我闲下来再来爱它?我最终把灯关上,回房了。

谁都想选个更爱他的人,这有什么不能理解的呢?假如我们不能给对方爱,又凭什么挽留对方生生世世呢?

虽然如此,但我裹着被子时仍惦记着它温暖的肚子,一面嗤之以鼻地想着它,一面甜蜜地想着它。想着它,这好像也就足够了。

雪爷养成记

◇原笑

一

小雪是我养的虎皮鹦鹉,我心中天下最好看的鸟之一,恨不得向全世界分享它的照片。

初遇小雪,是我养的另一只鸟清明死后大约一年。当时我万念俱灰,心情不佳,正巧鸟友群里有同城大哥家的虎皮孵了小鸟,我就去接了一只回来。

我对大哥说:"我之前养的小虎皮,因为生蛋难产死了,伤心了很久。这次想接一只小公鸟回家,可以吗?"

大哥道:"我家正好有一只二十天的男孩子,没有别的问题,就是能吃。你要是不介意,就拿回去。"

于是我去了大哥家,看到一只窝在纸盒里的小秃毛。

秃毛只有二十天,脑袋上的毛还没有长齐全,我拍了一张照片发微博,朋友们都关切地询问我是不是养了只鸡。

二

我与雪爷一见如故，大概是因为我们都很能吃。

关于吃，有两件事情让我心情复杂。

第一件发生在它刚回来的时候。那时雪爷还小，不会自己吃饭，要用开水将小米泡软，放在勺子里喂它吃。它每天都在睡觉，一旦睡醒了，就开始拍打着小翅膀追着我到处跑，扯开嗓子喊饿。

我想起了巴甫洛夫的条件反射理论，于是每次喂小米我都在雪爷耳边锲而不舍地重复"小雪，小雪，小雪"，希望它能对我的声音产生条件反射。

后来我发现，雪爷确实能对声音产生条件反射，但不是我的。

它每天吃的小米要用热水泡软。只要饮水机"嘀嘀"一响，它就拍着小翅膀，欢欣鼓舞，准备开饭。我伤心地发现，自己训练了那么久，它竟然不爱我，爱上了一台饮水机。

第二件事情是关于独立吃饭。

有一天，我上虎皮鹦鹉群，照例秀雪爷照片，一位资深鸟友前辈突然问："什么？你家鸟都会飞了，还要用勺子喂饭？"

我说："是啊，它还不会自己吃小米。"

于是我才意识到，正常的小虎皮到三十天，就应该学会自己吃饭啦！雪爷已经一个半月了，饿了就满屋子跳来跳去，等着我喂，似乎哪里不太对。前辈指导我说："你要教会它吃饭。"

于是我特地买了超市里最好的生小米，放在特地选的青花瓷小碟里，雪爷一饿，我就把碟子摆在它面前。然而毫无用处，它一脚踩在碟子上，冲我扑棱小翅膀，继续高亢地喊饿，叫声抑扬顿挫，还分为几个声部。

那种叫声怎么形容呢？

有一天，我出门遇见隔壁邻居，邻居问："你是不是把电瓶车停家里了？最近我总听见你家响警报。"

我实在没有办法，只好自己端着碟子，拿出一粒青涩的，散发着粮食香气的生小米，吃下去。然后我再给雪爷一粒，示意它吃。

我吃一粒，它一粒。

我吃一粒，它一粒。

后来前辈问我怎么教会我家那只傻鸟吃饭的，我选择了沉默。

三

后来小雪长大了，现在我吃完饭经常带它出去散步。它经常站在我肩膀上看我写快递单，或者站在购物车横梁上，视察超市。因为它和便利店寄快递的妹子混得比较熟，我去寄快递每单可以便宜两块钱。

最近有同学说我交稿慢，这事真心不赖我。雪爷特别喜欢霸占我的键盘，在上面打瞌睡，醒了拒不回笼，伸出头让我帮它挠痒痒。鹦鹉耳朵后面有个痒痒穴，用手挠雪爷就会打哈欠，挠一次打一次，眼睛舒服得眯起来。等雪爷舒服了，我码字的时间也过啦！我曾经郑重地向编辑解释过这个事情，他说送我一袋麻辣烤鹌鹑的调料，我就再也不敢提了。

还有最后一件事。幼鸟时期分辨公虎皮和母虎皮有一个窍门，是看鼻子。男孩子的鼻子是通体粉红色的，女孩子的鼻子虽然是粉红色，鼻孔周围却是白色的。雪爷鼻子一直是粉红色的，我们都以为它是个小哥，直到有一天资深前辈看它的照片："哎！你家那只傻鸟怎么鼻子白了一圈？它原来不是粉鼻子吗？"

雪爷发育迟缓，上周我才知道，原来它是个妹子。

扑通扑通

◇陈晓舒

一

我有一条名叫扑通的小狗。三年前,它随我去了首都机场,在出租车上朝司机卖萌,在航站楼呼啸着跑来跑去,玩累了趴在行李箱上和我玩自拍。扑通错认为这是一段美好的度假时光,但它很快就发现自己被塞进了航空托运箱,称完体重后沿着传输带渐渐远去,被陌生人拎起来,最后放置在机舱内一个黑暗角落。两个半小时后,它离开北京抵达我南方的家乡。

那趟旅程导致扑通落下了严重的心理疾病:只要坐上车就会浑身发抖,哼哼唧唧,看到行李箱就尿裤子。

我把扑通送回了老家,这个决定实属无奈。那一阵子我出差实在太过频繁,扑通作为一条狗,却特别怕狗怕猫,甚至毛绒玩具。根本没办法放心把它寄养在外。

二

扑通从北京回到老家后,很长一段时间,我都在担忧它的安危。"我们家扑通可乖啦。"我每次问及扑通,妈妈都这么回应。

凭借它超高的情商,扑通似乎安全地在家里生存了下来。每天爸妈回家,它都像迎接久别至亲一样欢呼雀跃。妈妈一进门就开心地赶紧抱抱它,奖励一块狗饼干,吃完了还得再抱抱。爸爸在扑通无比执着的求抱抱面前,也不得不和蔼亲切地回应:"好好好,好了。"

爸爸在阳台看报纸,它叼着球跑过去,耐心观察着。爸爸有扔球的意思它就开心地去叼球,否则,它就坐在边上的狗窝里晒太阳。更多的时候,它喜欢趴在两个客厅之间的角落里,一边看着妈妈在厨房里油烟滚滚,一边注意爸爸在阳台上的动静。

午饭和晚饭爸妈也不需要收音机陪伴了。扑通对三餐极为关注,可以以站立的姿势坚持看主人吃完整顿饭,让人也能感觉到食物更可口。刚开始,爸妈吃饭时注意力完全被扑通吸引,看它撒娇卖萌,拿前爪拍拍你,在确认无望得到食物后,便大吼大叫,表现得很不理智。

有一天早上,妈妈打电话来,动情地告诉我:"你爸爸和我说,从来都没养过小动物,也对小动物不感冒,但扑通改变了他的想法。"

前一天晚上,爸爸应酬喝醉了,回家趴在马桶边哇哇大吐。把扑通急坏了,来回奔波,一会儿跑去拍拍爸爸,一会儿跑去叫妈妈。喝醉的爸爸一直夸:"扑通是个好同志!"扑通的日夜陪伴渐渐被爸妈所接受。到后来,他们吃饭时会仔细确认餐桌上哪些是扑通可以吃的,哪些是它不喜欢吃的。妈妈不得不每天炖扑通喜欢的牛羊肉，她常常盛满一碗饭，自己扒拉一口白饭，把肉捣碎拌匀，浇上肉汤后再倒进狗碗里。爸爸就在边上一直喊："够了够了，太多了，这么小一个肚子怎么能吃这么多？"然后不断地挑出小软骨丢到扑通的碗里。

晚饭后，爸爸左叫右叫，扑通都假装听不见。以前从来不碰狗的爸爸只能把扑通提起来，像夹个狗皮包一样，夹在腋下出门遛狗去。扑通极其不愿意出家门，一天三次外出方便，对它而言简直像受刑，而不是放风。

三

2013年，我所在的杂志社策划了一个专题——"远方的父母"。一个同事写道："在我的劝说下，母亲养了条狗，很懂事，里外跟着她，她说自己睡觉都觉得踏实了……我发现她总是能和狗说上很久的话，家长里短的，不重样。"

自从扑通回了老家，我爸妈似乎也如此。每天晚上爸爸边看电视边给扑通按摩，妈妈则是左一个"宝"右一个"宝"地问扑通："在家有没有乖乖的？""要奖励啊，好好，有奖励。"她中午常坐在小沙发上给扑通梳狗毛，边梳边和它说话，扑通总是呜呜叫，妈妈又是批评又是鼓励，能说上一大堆。

很多时候，我和爸妈也说不了那么多话。

回到家以后，诸如饮食、作息此类生活琐事，我似乎总是有各种不适应。但扑通却早已适应了爸妈的生活节奏。每天晚上吃完饭，八点不到就乖乖地溜进狗窝里，一觉睡到早晨六点。爸爸对此非常满意，常常夸奖它是条作息规律的好狗。

每次我过年回家，似乎打破了扑通的规律作息。它常常不愿意我一个人坐在黑漆漆的客厅里，就趴在边上陪我。爸爸喊它去睡觉，它极其不情愿又不得不服从命令地悻悻走开。半夜爸爸起来，发现倔强的扑通一直没进狗窝，直愣愣坐在冰冷的大理石地板上。

以我的经验，爸爸肯定会一掌拍过去。但这一次他却跑出来叫我："快让你家扑通进窝睡觉，它怎么坐在外面？"

这完全不像我印象中那个火暴脾气的父亲。我记得扑通刚回家不久，他当着我的面打了扑通。那是在晚饭后，扑通也许认为自己在整个晚饭期间没有得到足够的奖赏，偷偷跑去厨房扒垃圾桶，叼了一嘴鱼骨头就往外跑。爸爸在客厅看见，大喝一声就冲了过去，吓得扑通赶紧吐掉。但爸爸还是不依不饶，将它拎起来打了一下。一掌下去，空气凝固。扑通低头认罪足足五分钟，爸爸自己也惊住了，站在那儿像雕塑一般。那是他第一次打扑通。之后，爸爸默默地坐在沙发上看电视，把扑通叫过去，给它按摩。

我也仿佛从来没有这么认真地去了解过我的父母。有次表哥来家里邀我们出门，临走时，他看到我那严厉又寡言少语的爸爸竟然蹲在狗窝边上，用带着地方腔的普通话和扑通商量着："扑通在家看家好不好？自己乖乖在家哈。"

"还用商量？"表哥捂嘴笑道。

爸爸对我的教育一直本着"无须商量"的态度，他是家里的一言堂。也不知道从什么时候开始，他早就对我采取不干涉的交流方式，从没要求我选择离家近的学校和工作，不逼婚不催产，也毫不干涉我的生活。相比起来，我却是每年一度试图侵犯他们生活中那些固执的小习惯。

我曾经提出把扑通接回北京。妈妈敷衍我："扑通现在总是自己拿主意呢。"我只好说，那你问问扑通，它回不回来。妈妈问了好几天，才磨磨蹭蹭告诉我，扑通说再看看。

回家后，妈妈看到我天天抱着扑通，就摆出一副割爱的表情说："你这么喜欢，就抱回去吧。"我开心坏了，告诉扑通："你要回北京啦。"爸爸从报纸里抬起头问道："你说的是真的吗？"

我漫不经心地回应说："假的啦。"爸爸严肃地说："假的就不要乱说，扑通会想很久。"

我说："它是狗，哪里能听懂？"

"每一句它都能听懂。"爸爸很认真。

四

离家的那天，爸爸妈妈带着扑通去机场送我。扑通在车里呜呜直叫，紧张得上蹿下跳。妈妈说："车里突然多了个姐姐，扑通不习惯吗？"抱着它使劲地哄。

过去的十几年，从家里到机场的这一程总是很沉默，大家都想说点儿什么，但又都不知道说什么好，只能一路上听着交通广播台。但扑通回家后的这几年，这一段路程成了它的表演时间，紧张、不舍、害怕、担忧，我们总试图分析它这异常的反应到底代表了哪种情绪。

到了机场，爸爸依然跑去看北京的天气预报，扑通在妈妈的怀里四处张望。"看，它在找你爸呢。"妈妈说。

我隔着安检门拍下外面遥遥招手的妈妈，她怀里的扑通难分难舍地呜呜直叫。爸爸远远站在一旁，假装毫不在意却伸长脖子注视我。相聚之日的镜头一个个闪过，有那么一刻，我觉得相互依靠生活的每幅画面，都可以不断重复一万年。

此生拜托了

阿嬷和她的猫

◇郑钟海

柔和的日头亲吻着摇椅上的阿嬷,其腹上安静地趴着一只慵懒的黑猫,它跟她一样紧闭双眼,若非她偶尔挪挪身子,它也绝不会昂起似乎笨重的脑袋,微微撑眼瞥一瞥她;按人类的换算方式,黑猫已到垂暮之年,比耄耋的阿嬷还要年长,但她不懂得这些,她只知道她老伴阿爷走了几年,它就伴她几年了。

那年阿爷病得很重,好多个有名的大夫都来看过,无一例外地说了那句话:"准备后事吧。"阿嬷不哭不闹,坐于床沿,捧起阿爷的手,贴于她的脸庞,光笑不语。阿爷睁大双眼,努力地挤出了笑容,说:"当年我答应了要陪你百年的,看来我得先走了,在那头等你,啊?"阿嬷仍旧缄默,而身后齐齐跪地的子孙们哭成了一片。阿爷轻轻地捏着阿嬷的双下巴,说:"你的肉肉还是这么好捏——对不住,别怪我,别怪我,啊?"自从阿嬷发福后,下巴就多了赘肉,可阿爷一点儿都不介意,喜欢趁她不注意时,偷偷地捏她一把。久而久之，也就成了习惯，他总会在她酣睡时摸一摸她，其实她不管有无睡意，只要他捏她下巴的肉肉，她都佯装不知。不久，阿爷咽气了。入殓当日，黑猫骤然出现在墙头，喵了几声，道士和族内耄耋老人无不惊慌，生怕黑猫窜入，扰了阿爷的灵魂，便一个劲地喊人将其驱赶。黑猫走了又来，来了又走，三番五次，最后把众人累个半死，它还高傲地立于墙头。这时，阿嬷手拿鸡公碗站于墙下，仰头望了黑猫几眼，后将碗放于地上，转身便走。不一会儿，黑猫跳了下来，像得了魔咒似的伏于碗旁，纹丝不动，一声不吭。

从此，黑猫留在阿嬷的身边，陪她度过了一年又一年。阿嬷的子孙越发出息了，都在城里买了新房。出于孝心，他们多次苦口婆心地劝她随他们入城安享晚年，她总是不肯走，也总爱说那句话："这间老厝，是我和阿老一砖一瓦筑的，他走了，我再走了，就真的空空的了；没有人气的厝，最容易结蜘蛛网啰，阿老以前最怕这些。"子孙们知道阿嬷的心思，便也不敢强求她，可让她独居老厝，他们也不太放心。她则说："我哪里是一个人，还有阿黑呢，再说了，出了厝门多走几步，抬头就能看到阿老的坟头，我哪里会孤独呢？"这话一落，子孙们恍然大悟，原来阿嬷并非舍不得老厝，而是放不下阿爷，想他抬脚便可走到坟头，可一旦入了城，那就费事多了。于是，子孙们同意了阿嬷继续待在老厝，他们隔日便来探望她。

每当日头落在厝门前，阿嬷就会拉出摇椅，小心翼翼地坐上去，慢慢躺下来，轻轻地晃起来。这时，黑猫蹲于门槛上，目不转睛地看着阿嬷，随后"喵"了一声，她便合掌拍拍，似乎示意让它上来。黑猫心领神会，迈着轻盈的步子走近摇椅，嗅了几下后，它往上一跃，落在阿嬷的大腿上，再蹑手蹑脚地往上爬，直至她的胸口才伏了下来。阿嬷捧起黑猫的前爪，轻轻地上下撩着，它闭上双眼，享受着这种逗弄，待她不动了，它便拿它的圆头蹭她的下巴，一下两下，直到她咧嘴呵呵笑。一旦看到阿嬷走出厝门，站在巷头望向埋着阿爷的山头，黑猫总会立于她的脚下，呜呜地叫着。阿嬷就这么旁若无人地站着，那些老邻居见此，甚是揪心，担心她有个好歹，总会劝慰她几句，让其返厝去。阿嬷念着邻居们的好，扶着墙面，一步一步地走回厝去，邻居紧跟其后，却不轻易出手搀她。之前，有人曾要搀着阿嬷走路，都被她婉拒了，可谁又能知道这也是她追忆过去的一种方式呢？孩提时，阿嬷和阿爷经常玩一个游戏：在一窄巷里，一人手摸墙面倒着走，一人躲于其后，看谁跑得快，一旦被抓到了，就得角色调换。眼下，阿爷走了，阿嬷也老了，一个人做不了这个游戏，却只能深藏心内。可每次阿嬷这么扶墙走时，黑猫总是安静得像个影子，慢慢地跟着，却绝不落远了。

  暑去寒来，光阴荏苒，不知不觉间，黑猫伴着阿嬷已有十几个年头了。黑猫老了，阿嬷更老了，而阿爷的坟头也斑驳了。子孙们想修葺坟头，阿嬷横竖不肯，后请来堪舆先生一摆罗盘，也以为不修为宜。长孙忙问阿嬷怎会未卜先知，她说："是你阿爷托梦告诉我的——他说呀，你阿嬷住着老厝，他怎么好意思住新厝呢？"子孙们一听，哄堂大笑，吓着了黑猫，忙往阿嬷怀里钻。不久后的一日，阿嬷发现黑猫病了，劳烦邻居帮忙请大夫，可大夫说自己懂得医人却不会医猫。阿嬷忙问谁会医猫，大夫说城里有兽医，他们会医。于是，这么多年来，阿嬷头一次主动给城里的子孙打了电话，喊他们请来兽医。兽医仔细地检查了黑猫，觉得它老到头了，没必要救治。阿嬷听了，跟当年听到大夫说阿爷的病情一样，一言不发，抱着黑猫踱来踱去，怀里的黑猫吃力地抬起圆头，老练而细腻地蹭着她的下巴，一下两下，直至她脸挂笑意。黑猫死了，死在阿嬷的怀里。

　　阿嬷让木匠为其特做一口木盒，装下了黑猫的尸体。最后，阿嬷捧着木盒，在长孙的搀扶下，深一脚浅一脚地行至阿爷的坟头，将其埋在旁边。子孙们在清理黑猫的杂物时，阿嬷死活不肯丢了那只当年诱下黑猫落墙来的鸡公碗，众人不解，她一字一顿地说："那是你阿爷生前的饭碗，留着吧。"七日后，阿嬷在睡梦里走了，走得很安详。族内老者说，阿嬷今年刚好一百岁了，子孙们的耳畔立即回响起了当年阿爷弥留之际对阿嬷说的那句话："当年我答应了要陪你百年的，看来我得先走了，在那头等你……"

此生拜托了

此狗且贪吃且傻且好奇

◇张佳玮

1

我家的狗命好,长了张三角瓜子脸,于是它成了我认识的雌性里,唯一不考虑自己体重的姑娘。

此狗仗着天生脸瘦、四爪纤细,遂将吃视为其漫长狗生涯的第一要务。此狗不挑食,红烧肉吃得,狗粮也肯咽。夏天晚上一家人吃冰棍,此狗也伸嘴来吃,冻得全身发抖满嘴呵呵声,还是要吃。剥葡萄,也伸嘴来啄两口,吃葡萄不吐葡萄皮。肉食米饭,四时瓜果。食谱之杂,寻常狗实难望其项背。

2

此狗本来脸皮甚厚,自发胖后,皮下脂肪满溢,脸皮已厚到狗皮膏药的地步。比如,厨房刀匕声方罢,我爸妈与某人一起拿碗取盘倒酒摆桌,此狗已像人一样坐在花梨木椅子上,一双前爪盘踞桌面,左顾右盼。吃饭时,先钻我妈怀里讨吃,讨罢,钻桌底到我爸处,如法炮制。红烧肉、鸡胸脯,当场吃完;肉骨头另叼到楼梯拐角处藏着,当夜宵。出门吃饭,一笼包子四个,它要吃一个;两笼包子八个,它要吃三个。

三年前,此狗已胖到近于——用某人的话说——"一根大香肠上插四根火柴棍"的境界。爸妈必表态度:一定要减肥,不给它吃了!下次回来一看,又胖了。

其实倒非我爸妈溺爱,实因此狗惯会卖萌。生一双水灵灵天真无邪眼眸,常摆着纯真表情,让人不由得爱怜。多少次我吃午饭时见它眼神无辜,看似饥肠辘辘,心一软,一块肉又递给了它。回头我妈听了,一拍大腿:"中计了!早饭它刚吃了半笼包子、两个馄饨哪!"

3

此狗吃饭时善于摆谱,出行时亦然。比如周末天晴,爸妈说开车去公园吧。此狗嗅到要去郊游了,高兴得猛然进化了,上蹿下跳,直立行走,差一步就是高等智慧生物。下楼梯,如一堆肉山耸动,又如一个溜溜球一路滚下去。上车,必坐在副驾驶位置我妈怀里,站得笔直看窗外,像是在视察市容。到了公园,此狗便发疯,钻草地、蹿湖滨、绕芦苇、啃桥栏,无恶不作。虽然肥胖,却奔走如风,如球形闪电狗肉导弹。跑累了,便在草地上仰天一躺,哀哀叫唤,逼我爸妈抱它走。一回家就睡一整天。

4

此狗躯体小嗓门大,酷爱挑衅大狗。有时它胆大包天朝着大它五倍的狗狂吠,对面的大狗都是一脸雍容华贵的无奈表情。但也不能据此说此狗胆子大,因为它怕鞭炮。外面鞭炮一炸,它就惊惶不安,钻被子、躲柜底、瑟瑟发抖。

此狗也不纯是小太妹。两年前吧，和某狗生了一窝黑光油亮的小黑崽子。照顾小狗期间，殚精竭虑，还不让我妈接手，终于自己发烧，被我妈送去兽医处。兽医嘱：千万不能让它再喂奶了，会死的。我妈和我说起时抹眼泪：自己都那么小，还想做个好妈妈……

此狗很重视生活质量。吃得多，逛得欢，休息也要高质量。比如前几天阳光好，它在阳台转一圈，回头朝我爸叫两嗓子。我爸不解，此狗就跑到沙发上，用鼻子拱拱我妈拿沙发垫子和毯子改造的狗窝。我爸明白了，把狗窝搬到阳台上，此狗朝我爸摇摇尾巴，眯眼躺下，晒太阳了。

我和某人讨论过，此狗贪图享乐、好吃懒做、爱撒野、傻大胆、好奇心重、爱见世面、忠心耿耿……这狗生活得跟它肚子一样又饱满又丰润，比寻常人还幸福得多。而且就是这态度，还感染得我妈也开始做刺绣、学中医、打毛衣、学插花，乐滋滋享受人生了。

某人说，总结下，这狗姑娘就是且贪吃且傻且好奇，所以活得特有劲。

它选中了你

◇寇妍

好些年前的一个下雨天,我去买菜,一出市场便发现自己被一只浑身黑毛的小狗跟踪了。它的毛一缕一缕地缠绕着,露出稍带粉色的肉皮,又丑又脏。我心生嫌恶,快步往前走,偷偷回头看时,发现它也加快脚步,我慢下来,它也慢下来,总之就是和我保持着它以为安全的距离,却又有跟定我的意思。

回到租住的楼前,我打开铁门,小狗就站在我身后,近得我几乎能看见它细小的门牙。它瞅着我,身体放松,全然不设防的姿态,似乎豁出去要相信我了。那眼神,后来我才发觉,是带着祈求的,但那祈求又很有自尊,因为它既不摇尾巴,也不叫,只是睁着圆溜溜、水汪汪的眼睛瞅着我。但我只注意到它有些丑的脸,和湿漉漉的、散发着异味的毛。我扔了个馒头打发它,然后坚决地走进门里。我转身关门时,它一直站在原地,没理馒头。我躲在楼梯转角平台的窗后观察它,它望着门发了会儿呆,确定我不会再出现了,才叼着馒头走掉,背影看上去甚为落魄。

我与友人讲起这件事,这个习惯随身携带很多根火腿肠以便招待流浪狗的朋友,一听便跳起来:"你应该收养它的,它选中了你。"我嗫嚅着说:"它看着真的很丑……好吧,我承认我做得不对。"后来再去市场,沿路我都仔细观察,但再未遇到过它。也许它已被收养了,也许它遇见了一个不怕麻烦的好人,打了一盆热水,把它好好洗了洗后发现,哇,原来它是个帅小伙儿。

据我的了解,有过流浪经历的狗是很特别的。比如我以前的邻居家有两只小狗,一只叫豆豆,是自小养着的,简直是被捧在手心里长大的;另外一只叫全全,是从街上捡回来的流浪狗。两只狗的性格非常不同。

豆豆蛮横、霸道,一看就是没遭过罪不知惜福的,经常欺负全全,打架都是它占上风,吃东西也总是抢全全的。有熟人来家里,豆豆立刻一副看见老友的样子,扑上去各种腻歪,似乎也是要给安静地缩在角落里的全全提个醒——自己在家里的地位不容挑衅。全全呢,脾气非常好,也许是在街上讨生活时挨过不少拳脚,它对人总是很警惕,从不靠得太近,给吃的,也要几次三番表示诚意后,它才犹疑着靠近。

豆豆尽管命好,但和全全比,就全然一副温室里长大、没见过世面的样子,一点儿都不淡定。听到楼梯上有脚步声,锁孔里钥匙转动的声音,立即上蹿下跳,一通乱叫,搞不懂它是兴奋还是害怕。等主人进门,它就马上扑向主人求宠爱,情绪值居高不下,让人担心它会因太过激动而心脏病发作。全全从来都是冷静地看着门,直到主人进来,它才走近,缓缓地摇着尾巴,非常矜持地刷着存在感。见过江湖险恶的它心里老明白了:我已经有个遮风避雨的家了，还奢求什么呢？

　　肯定也是这个原因吧，每晚主人刚吃完饭，豆豆便兴奋难耐，一个劲儿地往门口扑，提醒主人："嘿，遛我的时候到啦。"豆豆是个路痴，走丢过好几次，甚至还有过生命危险，即使后来生了娃，也没改掉那种一惊一乍、人来疯、一出门就乱窜的毛病。全全却非常乐意待在家里，甚至抗拒出门，它知道街上的日子是什么样的。即使出门溜达，它也是紧跟着主人，生怕走丢，每回散完步往回走，它都很开心，看见自家的楼，就百米冲刺般跑过去，站在楼下等主人。

　　我父母家里也一直收养流浪狗，前后收养了好多只。有趣的是，这些来我家的流浪狗很快就领悟到，自己来这户人家，不是耍宝、吃白饭的，因此它们总会做些力所能及的事。乡下小镇的超市，时不时会蹿进一只野猫，稍不留神它就会从货架上偷走一包猪蹄或鸡翅膀，而夜间出没的老鼠也让人头痛。我家收养的流浪狗，除了看门，就负责对付这些家伙。最寻常的场景是，野猫喵呜着从超市夺路而逃，后面紧追不放的是我们家的"狗保安"。而且流浪狗也很清楚底线，超市货架上的零食从来不碰，连箱子里散放着的饼干，都是主人拿给它们，它们才吃。

　　有一只我们唤作小黄的狗，在我家待的时间最长，完整地度过了它的一生。小黄平常都在超市驻守，一到饭点，我妈给超市的工人送饭，小黄就会穿过马路，来到街对面我家的小楼下，随便歪在哪儿，等我妈给它盛饭。超市生意淡时，它就到小楼里转转，打会儿瞌睡，再去超市帮工。它会像人一样从超市出来，走之前还回头望一眼，好像在说："你们先忙，我去歇会儿。"然后左右瞅着车，穿过马路。有时，它会和我妈在马路中间撞见，它也不理会，一副一家人还客气个啥的表情。

  冬天的黄昏,超市太冷,小黄会时不时溜到家里暖暖身子,于是家里经常可以看到这样的场景:它和老爸围坐在火炉旁,老爸看抗日神剧,它在旁边打瞌睡。我妈从超市过来招呼它:"小黄快来!"它知道自己要去看门了,便起身伸一个大大的懒腰,慢悠悠地扭着屁股出门。流浪狗小黄在我们家生活了十多年,寿终正寝,去了天堂。至今超市缺人手时,我妈都会念叨起它,时不时还会说"要是小黄在"这样的话,就像说起自己的家里人。

  我始终记得朋友的话,"它选中了你"。再回头去想那个普通的清晨,也变得奇妙起来:我在人群里走着,它看到了我,它一定是看到我的某一个自己也没发现的优点,所以它选择跟着我,希望成为我生活中的一部分,但我辜负了它。若你也被流浪狗跟踪,它其实不稀罕你的馒头,只是想把自己交付于你,若有条件,就收养了它吧。你是它选中的,你在它的眼里闪闪发光。

我狗来福拒绝温柔

◇张错

园丁割草,不小心割伤一条小蛇,小蛇肚破血流,最后死去。

第二天中午,阳光灿烂,正是初夏时分,空气中有一种慵懒的气息。一条斑斓大锦蛇赫然蜿蜒着躺在路面上,看它游走的轨迹,正是小蛇曾出现之处,大概是凭气味追踪到此的吧。

因为是在篱笆之外的远处,来福嗅觉往往比视觉灵敏,却没有吠叫。我感到,那是母蛇出来找寻子蛇。它盘桓了好一阵子,然后又回到草丛去,没有任何声息。它的出现与消失,没有带来任何骚动。但是我知道,有一种失望、沮丧、空虚与悲哀,弥漫在空气里。

来福的眼神依然忧郁美丽,神清气爽之时,双耳依旧竖起,极其亮丽,但身形已日渐臃肿不堪了。

我和来福仍然经常有一些感动时刻。那天午后下山取信,故意不带小莎,单独带它出外。顿然一人一狗便有了亲密的感觉,尤其它趾高气扬,好像重温旧梦,因多年前小莎尚未加入时,它拥有全部的宠爱。

它走一段路便不想走了,清风徐来,尤加利树轻轻送出浅淡的香味。它选择在一棵加州胡椒树下等我,就像等小莎一样,我走着,不回望,深知有它眼神相随。待取信回来,它依然一动不动,在树荫下,像一尊塑像。它知道主人一定走向它、抚摸它、爱怜它、呼唤它,然后就在树下阅信,它索性就趴下来相陪。我读完信,神情黯然地把它撕掉,四周没有声音,人狗一直在交流,也许,那次是我的尽情倾诉,许多人情冷暖,还有最难堪的负义忘恩。

永远记得它年轻时最秀丽威武的一天,拒绝温柔。一个春日下午,它与小莎在坡路上溜达,蓦然路旁沙沙作响,一只松鼠自草丛蹿出,来福甫见,飞奔追扑,其声吠吠,声威慑人。松鼠看似无邪机灵,然多年观察,毁果攫鸟,其心实猥拙贪婪,闻犬声而惧,飞跃向油加利树干。说时迟,那时快,来福亦同时竞跃,虽攫不到鼠,然亦挡鼠上树。

松鼠扭身向斜坡急冲,但见来福掉头旋身,其姿极美,有如武林高手,跳跃奔腾,那才是最好看的武术招数,一扑,不中,松鼠急闪,因体小,极易逃躲。来福扭身再扑,松鼠急奔,来福紧追其后。看其身躯硕大,闪转腾挪,活泼轻灵,后腿劲而有力,一蹬向前,其疾如箭。

斜坡下即木栏杆,栏外为马路,马路过去是灌木林。松鼠出栏极快,但横越马路却有一大段空白距离,反倒缓慢。来福冲落斜坡较缓,然甫入平地,却四蹄如飞,越追越近。松鼠看已无法进入林子,只好转身狂奔,以求摆脱,然其不自知力已疲乏,奔速早已减缓,终为来福猎获。

那是来福第一次,也是唯一一次,口衔着战利品回来见它的主人。我在斜坡半山的大树下早已尽睹一切,看到它雄赳赳气昂昂的,叱喝着叫它把口中物放下之余,亦分享着那种狩猎成果收获的光荣。

来福与小莎均属牧羊犬,有狩猎的天性,像能把猎物衔回来的猎犬,小莎是个中能手,地处草木丛林的住宅四周蜥蜴给它搜捕得无地容身,常看见没有尾巴的蜥蜴,都是断尾求生的结果,也是它的杰作。

来福老了,步履蹒跚,但德国牧羊犬责任心依旧强烈,每次灰狼路过宅院,它都奋起狂吠力追,谁也不知道早已后劲不继,虚有其表,像一个擂台上强弩之末的拳手,余勇可嘉,其实已筋疲力尽,利用身体重量倚压对方,夹住对方双臂,似在纠缠,实在拖延。然而这种"老仆"的忠肝义胆、奋不顾身,世间狗比人多。

也许真的就是它最后一次赶逐灰狼了,但谁也不知道哪一次是最后一次,要等到"不再"来临,方知那是最后。

小猫艾莉

◇Houraisan

妈妈养了很久的猫咪"真红"去世后,她的朋友为了让她打起精神来,把自家新生的一窝小猫中最漂亮的一只送给了她。妈妈把这只新来的小猫命名为"艾莉",这是妈妈以前用过的英文名,可见宠爱之深。

艾莉的母亲血统高贵,父亲却是不知从哪儿来的流浪猫,不过那未知的下等基因并没有影响它的美貌,艾莉小小年纪就和它母亲一样,举手投足间都带有十足的贵族范儿。

很多人都以为猫难养熟,实际上只要养的年纪够小,它很容易和你嬉皮笑脸亲密无间到开无恶意的玩笑,例如真红。

艾莉却是个例外,它对谁都是淡淡的,你去逗弄它,它会用一种极为平静的态度轻轻拨开你的手,眼睛漫不经心地凝视着别处,让你不禁觉得自己才是那个想要被主人抚摸的宠物。

妈妈在尽心照料艾莉一段时间后,依然没能从它那里取得什么特权。她有些沮丧，便暂时不想多管它，郁郁地继续怀念可爱的真红。虽然艾莉不见得会有什么心理落差，可我还是自作多情地担任了妈妈之前扮演的角色——讨它的喜欢。

我也试过用很多种方法逗它，用猫铃铛、毛线球、狗尾巴草什么的，可艾莉一如既往地保持着冷静，直到我快要失望了才摆弄几下子，那不耐烦的神态，像极了大人看到小孩子流着鼻涕扑过来，明明不想笑却非得笑那么几下的样子。

后来我只得放弃，换作每天抱着它在阳台上发呆。

说起来我也不知道一人一猫发呆时发生了什么，艾莉来到我家差不多一年时，在一个没有阳光的下午，它本在我怀中安安静静地看外面晾晒的衣服，可忽然就仰头亲了我的下巴一下。

猫类有亲吻的概念吗？

我不知道。

但那个轻轻的如羽毛一般的吻将我的心融化了，一连几天都飘飘的，妈妈问我也不告诉她，她大约会嫉妒得发狂吧。

那个吻变成我和艾莉的共同小秘密。自那之后，我和艾莉每天的发呆时间变得更加甜蜜了。它学会了拽铃铛，每次都是它拨动铃铛我去扑，两个笨蛋玩得十分起劲。我想，如果艾莉足够大的话，总有一天是它抱着我在阳台上发呆吧。

后来我去了外地工作，宿舍不能养猫，艾莉自然只能留在家里。出发的前几天，我一再和它告别，它只是安然地看着我，把铃铛拨给我。

第一次离开艾莉的生活没我想象中那么难熬，当然也不至于十分愉快。终于熬到十一长假，回家后，我没有看到艾莉扑上来迎接的身影，立刻放下包到处寻找，最后在床底发现了它。然而它只是远远看着我，甚至连铃铛都无法将它从床底吸引出来了。

果然，艾莉又恢复了刚来我家时的状态。我去抱它的时候，它优雅地挣脱开，不知消失在了何处。若不是猫粮在正常地减少，我甚至怀疑艾莉已经不在家里了。

假期很快结束，出发前一晚，我收拾好东西准备关灯睡觉，发现艾莉悄无声息地走了进来。

"艾莉？"

它仰脸看着我，眼眸亮晶晶的。

我顿时忘记了呼吸。它看了我一会儿，舔舔自己的爪子，转过身晃着尾巴不见了。我赶紧走出屋去，把它一把抱在怀里，它挣扎了几下就不动了，用脸蛋碰了碰我的鼻尖。

第二天，艾莉没有躲起来，而是站在妈妈脚边目送我出门。我知道它原谅了我的离开。原本略略失望的假期瞬间变得有滋有味起来，才坐上车，就开始深深期待下一次回家了。

T先生教会我们如何去爱

◇ ［美］亚历山德拉·哈尼

我们发现它的时候，它倒在一条小巷子里，闭着眼，浑身湿透，显然快要活不成了。它挣扎着站起来，接着身体朝一边歪了过去，然后再次倒下。我们观察了它一会儿，惊呆了。我们不能就这样任它死去，于是把它捡起来带回了家。

我们轻轻地将它放在厨房的白色灶台上。经历了外面的苦雨和黑夜之后，明亮安静的厨房感觉像是个手术室。我的未婚夫科林把它放进了一个知更鸟蛋蓝色的蒂芙尼盒子里。我们管它叫蒂芙尼，后来又叫它蒂芙尼先生——但是更多的时候我们叫它T先生。那天晚上，当我躺在卧室以逃避这小生灵劫数难逃的死讯时，科林每隔一个小时就给它喂几滴牛奶和功能饮料。

它是一只巷鼠，刚出生几天。它降生在我们香港住所旁的一条肮脏的小巷里，对大多数人而言，它也许是污秽和疾病的化身。可在我们看来，它却是一条脆弱而充满未知的生命。在接下来的三年里，我们发现它是个不平凡的家伙。

T先生来到我们的世界时，我们的生活正处在过渡时期。三个月后我们将举行婚礼，而我每周工作七天，熬夜是家常便饭。作为外事记者，我得在世界各地周游不停，即使是买家具这样的事情都像是个不小的承诺。我试图不去想这对未来意味着什么。科林和我计划着有一天要孩子，可我们甚至有几个晚上连吃饭的时间都没有。收留一只想保住小命就要有人不断照顾的半死老鼠，这原本不在我的日程表之内。

所以，第二天早上，当科林和我发现T先生还在奇迹般地呼吸时，我们郑重决定，一旦康复就把它放了。它已经幸存下来，可它是野生动物，应该像它的同类那样生活。更甭说我们俩都看过了啮齿类动物会携带的一长串致命疾病清单。我不想被传染上，所以对它避之唯恐不及，犹如瘟疫。

尽管如此，在后来的几周里，随着它力气的恢复，我们禁不住要为T先生每一个小小的重大时刻庆贺不已：一周之后它在科林的掌心里睁开眼来的那一刻；它不再害怕我们家光亮地砖的那一晚；它把自行车当成攀爬梯的那一天。当它爬上踏板和车轮时，黑黑的小虾米般的眼里闪烁着激动之情。

T先生开始把这里当成了自己的家。它偷走信件、钢笔和整块的比萨切片，并拖到沙发底下。后来又自己在沙发里啃出了一条通道。显然它是打算在这儿长期安营扎寨了。可是我们真的能养活这只动物吗？另一方面，T先生重新回到野外的话还能活得了吗？我们给牛津大学一位专门研究鼠类行为的教授打了电话。他告诉我们，家养的老鼠被放回到森林之后，短短几个小时内就会像野生老鼠一样活动。没有什么能阻止我们跟T先生说拜拜，然后继续我们的生活。

除了这个事实：我们抵挡不住它的魅力。它已经开始教我们该如何照看它了。通过将它的餐碟撞翻或者连碰都不碰一下，它清楚地表明：大多数蔬菜是不能吃的——胡萝卜、青豆、青椒——除非蘸了奶油；它吃豌豆，但必须去壳；花椰菜只吃花不吃茎；蓝莓必须切成两半；它的最爱是蘑菇酱、寿司和炒鸡蛋；几滴啤酒总是很受欢迎。我们一天给它准备两顿热餐，而它吃起来有如做外科手术般精确，会先把最肥的部分拿下。它太可爱了，让人不忍让它离去。

科林用木头和铁丝网给T先生做了个五层楼的窝，我们用它破坏了的沙发垫子做装饰。T先生执拗地重新设计了它的家，撕碎垫子，把碎片填进铁丝网的缝隙里。它有时会依偎在我的手掌下，从我的拇指和食指间探出鼻子来。要是我想离开，它就会用黏糊糊的粉红色爪子抓住我的手指。

我开始发现香港这个地方除了人类以外还充满着其他生命：在办公楼的角落里盘旋的大灰蛾子，蹲在钟表店外人行道上的鸟儿，在我们公寓楼背后逡巡的野狗。一天下午，在我们发现T先生的同一条巷子里看见了比它更脏的同类之后，我意识到，对于哪些动物社会能接受，而哪些又会受到排斥，我们所做的区分十分武断。

随着T先生走进我们的心里，科林和我有生以来第一次将自己当成了父母。我的丈夫是理性而慷慨的父亲，而我则是婆婆妈妈有些神经质的母亲。科林试图从T先生的角度看世界，当意识到它有多么喜欢保留隐私时，他给T先生的家装了个木头门；当看到T先生下坡滑倒时，他就给添了黏性的砂纸。与此同时，我则太关心T先生的身体健康。它每次打瞌睡，或是没能爬上咖啡桌，我都担心会是什么晚期疾病的前兆。

我感觉到我们的生活开始围着T先生的需要转了——而我喜欢这样。科林和我不再经常晚上外出吃饭,而是待在客厅里,看着T先生郑重其事地把苹果和袜子拖进它的房间,露出骄傲的微笑。有几个晚上,我们在沙发上一直待到凌晨两三点,等着看夜行动物T先生起床后悄悄地走下楼梯。我们不再一起外出旅行,好留人在家与它做伴。如果实在不行的话,我们就请人帮忙照看,留下的注意事项手册都快有一厘米那么厚了。在派对上,朋友们谈起孩子的逸事时,我们则会讲T先生的新把戏和它最近的爱好:木质刀具和叉子、上浆的酒店纸巾、三文鱼寿司。我往Facebook(脸谱网)里上传了T先生的照片:吃青豆,小爪子沾满西红柿酱,或者睡觉时胡子像绸带一样围在脸上的样子。

而我们一直在与T先生来日不多的事实做斗争。在街上大多数老鼠活不到一周岁。家养的老鼠很多则是在三岁前死去。刚满两岁后不久,T先生一向迅捷的步伐就变成了慢跑,继而变得步履蹒跚,而且白天睡觉的时间更长了。但它决心要继续活下去。当它如我常常担心的那样长了个肿瘤的时候——这肿瘤跟它的脑袋一般大小——我们找来一位显微外科医生切除了肿瘤,T先生当天就飞快地跑过了我们的客厅。当它脊柱出了问题导致后腿瘫痪的时候,它适应着用前爪拖着自己上下坡道。

一天晚上,T先生开始呼吸困难。这回医生救不了它了。T先生在科林的掌心里死了。我们将它火化,并举行了一个小型的仪式:把它的部分骨灰撒在了我们公寓楼后面的公园里,好让它能在它的家人身边安息。我们把它剩下的骨灰装进了骨灰盒里,放在客厅中一张它的照片旁。我们试图适应这个令人难过的事实:我们不再能做T先生的爸妈了。不过它去世后不久，科林和我有了儿子，我们给他起名叫路易斯·T。

几年之前，我们一天里连抽出一个小时都不容易，可是T先生教会了我们该如何为将来我们想要的生活留出空间，教我们更富同情心，更有耐心。它教会我们去无条件地爱。发现T先生的时候我们正处在生活中的一个节点，介于约会与婚姻、为人夫妻与为人父母之间。如果那天晚上在我们巷子里倒下的是一只猫或一条狗的话，就没有故事可言了。我们会把这只动物送进收养所。就是因为知道没人会为T先生那样做才使得我们将它领进了家里，而这样做改变了一切。

我的一些朋友和亲戚就是不明白T先生有什么可爱。他们永远无法理解为什么我们会喜爱上一只老鼠。如果你有幸遇见过它的话就能明白，我们永远不会理解怎么可能不爱上它。

我的藏獒秀巴

◇扎西顿珠

一

秀巴是朋友送的,一条纯正的出自山南的藏獒。

我朋友原先是个公务员,这几年藏獒出了名,价钱上去了,他便回家乡办了个獒场。

朋友将秀巴送来时,它还是只两个月的小獒崽子。

朋友告诉我,秀巴可是出自名门,它的爹地和妈咪的身价上百万元。

老子英雄儿好汉,秀巴根正苗红,既然到了咱家,咱就要好好培养它。

要精心培养,那就要有一整套的培养计划,先从起名字开始吧。

来到了咱家,那就得随我,叫扎西吧。一想不行,今后要是来朋友进门喊我,它先答应了,万一来的是女朋友,那还不让这小子占了便宜？

我又是翻字典又是在电脑上查，最后还是没找到中意的名字。

就在我苦思冥想时，忽然邻居家放起了鞭炮。

有了，就叫秀巴（秀巴是藏语的一个发音。在那曲，像鞭炮呀，烟火呀这些速度快又冒着火带着响的东西，就念成秀巴；如果在林芝地区，秀巴这个音还有凶狠的意思。好！我要的就是这个）。

秀巴是我一手拉扯大的，给它喂食洗澡，晚上让它睡在我的床头，就差让它上炕再在它的屁股下垫块帮宝适，讲一段格林童话了。

我到哪儿，秀巴就跟到哪儿，即使在我拉着客人满世界跑时，它也会乖乖地在车里待着。

秀巴在一天天长大。秀巴长到了一岁多时，已有一百多斤。个子虽然长了上去，可它的性格却一点儿没变，见谁都摇尾巴，还像小的时候，俨然一副哈巴狗的样子。

这时候我才发现自己是何等伟大，我能将一条藏獒培养成宠物。因此，我有了些许感悟：溺爱不仅能害人，而且能害狗呀。

我对秀巴认识的改变是在它近两岁时的一天。

那天我出门倒垃圾，秀巴也跟了出来。一出门，我正好和一个奔跑着的手里拿着一根棍子的藏族小伙子撞了个满怀，秀巴一下蹿了上去，咬住木棍并将他扑倒……

秀巴此举让我大为震惊，也让我万分惊喜。

这才是藏獒呀！

它为了保护主人，不仅像传说中那样不怕狼不怕虎，而且不怕棍子。

二

　　养过藏獒的人都知道，那绝对不比养个孩子省心。我对现在养孩子的方法很是有些看法。刚一落地，好家伙，一大堆吃的穿的用的看的听的一股脑儿地塞满了那幼小的生命。孩子稍大一点儿，这个班那个班让孩子上得眼睛都绿了。

　　有这个必要吗？非要将孩子培养成贝多芬或其他什么了不起的人不可吗？依我看，即使成了贝多芬，伟大是伟大了，可耳朵也不太好使呀。还是自然点儿好。

　　我对秀巴的培养有点儿像养孩子，就说吃吧，在一岁之前几乎顿顿是肉。牛排煮个大半熟，拌上一点儿饭，里面还要加些鱼油、钙片，长身子骨呀。带孩子哪要这么烦，往孩子妈怀里一塞，一会儿就吃个饱。

　　我常常会望着秀巴碗里的饭，不禁自怜起来：扎西呀扎西，瞧你现在混的，连狗都不如。不过转念一想，人家不是都在说"亏什么也不能亏孩子"吗？

　　有一次我听一个养藏獒的朋友说，喂啤酒有助藏獒的生长，结果在我给秀巴生生地灌下一瓶啤酒后，它醉得几乎睡了一天。这下倒好，省粮食了。

　　那天我用秀巴省下来的伙食费自己在外面美美地饱餐了一顿，晚上回来时，秀巴像往常一样向我欢快地跑来，可没跑几步便一头撞在了墙上。酒呀，看来真的不能乱喝，喝多了连狗都会出交通事故的。

　　秀巴自打开口咬了那位藏族小伙子后，便一发不可收。

　　它一下子变得特有个性，凡它瞅着不顺眼的人，总是叫个不停，总想扑上去和他过过招，而且根本不理会这个人在我的眼里好不好。

我的朋友很多，家里常常是高朋满座，秀巴和他们大多数人都很熟。朋友来时它会和他们玩耍，然后静静地趴在那儿听大家聊天，样子显得很认真。它一定在想，说四川话呀，这样听起来会更容易懂些。

不过秀巴对其中的两位朋友一直很不友好，每次见面都想咬他们，怎么劝怎么骂怎么打都没有用，秀巴坚持着自己的原则：咬他！

很长时间以后我才搞明白其中的缘由。

原来其中有一位在秀巴很小的时候伤害过它。当时秀巴在和他玩耍的时候咬破了他的裤子，结果被他狠狠地踢了一脚，这一脚让秀巴瘸了很多天。另一位则在后来和我因一些事闹翻了，而且伤害了我。

要说秀巴会记仇我信，可它怎么能在那个人还是我的朋友时就知道他以后不是我的朋友呢？

吃一堑，长一智，现在每当我交了新的朋友，我都会将他们带回家坐坐，这表面上看是一种亲近且信任的举动，其实我是想看看秀巴的反应。

我开始依赖秀巴了，有时甚至希望它能对我的人生方向加以把关。

三

有人说，不是一家人不进一家门，这话在我和秀巴身上还真的应验了。

我在秀巴的培养和教育上最先得到的回应是它的个子在飞长，

如果说它壮实得像头牛，倒不如说它壮得像扎西，而且很黑。

只要在家，我每天都会带着秀巴在小区里跑两圈。生命在于运动，确实如此，一年跑下来，秀巴壮实了，我也差不多能去跑马拉松了。

男大当婚，女大当嫁，秀巴在长到快两岁时我开始为它考虑婚姻问题了。

我四处托人，总算为秀巴找到了个女朋友，虽说小了点儿，才三个月。我想，让它们从小在一起，培养出来的感情一定会很牢固。

秀巴的女朋友叫同珠，也是个很吉祥的名字。秀巴对它很好，整天陪着它耍。

起先同珠和秀巴相处得很好，腻腻歪歪像小女人一般。可秀巴在逗它玩时常常没轻没重，将同珠拨来拨去。

同珠幼小的心灵和身体受到了严重的伤害。

哪里有压迫哪里就有反抗，同珠的成功出逃，结束了秀巴这段不成功的婚姻。

一天我出车回来，发现秀巴狂躁不安。

同珠不见了。

在后来的几天里，秀巴的情绪很低落。

那几天我没有出去，一直陪着秀巴，望着秀巴那凄凉的眼睛，我觉得我犯了个不可饶恕的错误——这都什么年代了，我怎么能干这样的事。包办婚姻，尤其是找来个童养媳，那是万恶的旧社会才会有的事！

我可怜的秀巴，至今未婚。

一只名叫橄榄的鸽子

◇ [美] 劳拉·埃文斯

一天早上,我们正沿着亚利桑那州的牧场的一条弯弯曲曲的路颠簸行驶,突然遇到了数千只哀鸣的鸽子。它们像衣夹一样排列在数千米的电话线上,圆溜溜的亮眼盯着我们装有谷物的轻型货车。

"世界上最笨的鸟。"比尔一边咕哝,一边将车子停靠在喂牛的一个饲料槽边。

"爸爸,你为什么说它们笨呀?"我们8岁的女儿杰米问。

"因为它们总是出去自杀,"比尔说,"它们飞向窗玻璃,撞断了脖子。它们将身体倾得太厉害,淹死在蓄水箱里。还有它们搭鸟巢,漏洞大得连个乒乓球都卡不住,更别说一个鸽蛋了。"

"那它们怎么有这么多呢?"杰米问。

比尔撕开一个袋子,开始撒谷子。他根本没时间来回答。

看到谷子,几十只鸽子猛扑下来疯狂觅食。有的落在牛角上,有的站满了牛背,但大多数都停在牛群周围。

"爸爸！"杰米尖叫道，"那头牛踩在了一只鸽子的翅膀上！"

比尔赶忙奔向那头牛，拽它的尾巴，直到它移开身子。"笨鸟。"他嘟哝道。那只鸽子虽然挣脱，但一只翅膀在肩膀处折断了。

可怜的鸽子拍打着剩下的那只翅膀，团团乱转，直到最后，它可怜巴巴地躺在那里一动不动。比尔用靴尖轻触那只鸽子，鸽子仰卧在地上，眼神因痛苦而迷茫。

"它还活着，爸爸！"杰米喊道，"快救救它！"

比尔俯下身，用红手帕裹住那只折断翅膀的小鸽子，将它递给杰米。

回到家，杰米就把那只鸽子搁进了一个填满干草的鞋盒里，并把盒子放在木炭炉附近取暖。

"你给它起什么名字呢？"她10岁的姐姐贝凯问。

"橄榄。"杰米回答。

"为什么叫橄榄？"

"因为诺亚的鸽子衔着橄榄枝一路飞回大船，而且它不是很笨。"

第二天早上，我们听见盒子里一阵响动。

"橄榄在吃东西！"杰米大声喊道。

我们把橄榄放进一个塞满树叶和小树枝的铁丝笼里。突然有了光线和空间，橄榄感觉自由起来，就扇动翅膀，反复纵身撞在铁丝网上。最后，它停了下来，东倒西歪地徘徊。它有时候会梳理羽毛，好像试图把羽毛拉过来盖住伤口。当夜晚来临，它粉红色的爪子握在一根树枝上昏睡——我想，它在梦想着飞上天空的生活吧。

几天后的一大早,杰米尖声嚷道:"快来看,橄榄下了一个蛋!"

那个蛋好似一颗椭圆形的特大珍珠,滚落在鸽子最喜欢待的几根小树枝中间。"但它为什么不垒窝呢?"杰米问。

"太懒,"比尔说,"它们将三根小树枝架在一起,就算一个家了。"

他说得没错。鸽子的窝是那种轻而薄的小平台,看上去像是胡乱被扔在灌木丛中间似的。我经常发现脚边有漏掉下来的破碎的空壳鸽蛋。然而,这些鸟仍一如既往地在那简陋的鸟巢里下蛋。

不久后,橄榄差不多每天都要下一个蛋。由于它没有配偶,这些鸽蛋不会有生命力。但对杰米来说,那就是奇迹。她开始将那些鸽蛋收集到一只茶杯里。

有一天,比尔注意到杰米用来收集鸽子蛋的茶杯装满了,他亲自制作了一个木质蛋盒,盒子里有四十个垫有黑色天鹅绒、五厘米见方的格子。"这是一只百宝盒,"他递给杰米,说,"每个蛋都有一席之地。"

"噢,爸爸,谢谢你!"杰米拥抱着他说。

橄榄渐渐通人性,一看见杰米,就会咕咕轻叫,从她的手掌里啄一粒籽或一小口苹果。当杰米把它从笼子里拿出来时,鸽子会心满意足地卧在她的手指上享用冰淇淋。

令人难以置信的是,它仍然继续下蛋:十六个、十七个、十八个。我在想,这会持续多长时间呢?

有一天,一场猛烈的暴风雨将牧场里一棵树上的鸟巢掀翻,鸟蛋和新孵出的小鸟一并掉到地上。杰米将奇迹般没有打碎的鸟蛋放进她的百宝箱,手里捧着一只粉嘟嘟、张着嘴的雏鸟跑进厨房。

"橄榄或许可以做它的妈妈!"她喊道。

噢,可不是吗?我想。"我们先垒一个好窝。"我说。

橄榄不下蛋了,它变成了一位骄傲且保护欲很强的母亲。当我们把幼鸽掏出来喂食时,它就焦急地叽叽叫个不停。随后,我们把小鸟放回去时,它会上下彻底检查一遍。显然,它非常爱小鸟。

雏鸟茁壮成长,披上了银黑相间的羽毛。那短而带钩的嘴不久便被冠上了一个小黑面罩,像个神秘的土匪。杰米给它取名叫匪儿。

有一天早上,当杰米将匪儿从笼子里取出,匪儿立马就飞到了枝形吊灯上,热切地扇动翅膀。渐渐地,匪儿越飞越在行,自由穿梭在门内外、谷仓顶、树林和铁丝栅栏……我们的小鸟已经长大,渐渐飞得更远了。有一天,我们看见它朝河流方向飞去——那是我们最后一次看见它。

匪儿离去后,橄榄整天卧在树枝上睡觉。天刚一放亮,它就发出一阵哀鸣,就像迷失的灵魂寻找安慰一样。之后,它便开始脱毛。

我们在它喝的水里加糖,还给它的笼子新安了一盏夜灯,我在收音机里播放欢快的歌曲,在比尔的提议下,给它吃维生素片,但这一切似乎不起什么作用,橄榄还是那么有气无力。

一天早上,橄榄又下了一个蛋。杰米的眼中充满希望。

橄榄一连又下了六个蛋。在集市前三天本该还下两个蛋,我们这只疲劳不堪的鸽子却最后一次蜷在果树上。早上,我们发现它一动不动,像一小片被冲刷到沙滩上的浮木。

杰米轻轻地用红手帕裹住那只鸽子,然后将两把淡粉色和灰色的羽毛填进了那两个空空的天鹅绒鸟巢。

她抬起泪汪汪的眼睛问:"爸爸,它送给我鸽蛋,是因为它爱我吗?"

"是的,那是它一生的珍藏,"比尔说,"它是在倾其所有啊。"

第二章

遇见你真好,
想陪你终老

此生拜托了

她用一生认出你，你却认不出她了

◇陈初之

雪儿因为毛色纯白、蓬松，大眼睛像琥珀，看上去如一只小狮子，所以我们给她起名，雪狮。

但是我一直叫她雪儿，好似乳名。她身上有一股香喷喷的小动物味，抱在怀里，从不挣扎，她会在我脑袋紧紧贴靠到她身体时，本能地闭眼，那一瞬间，谁也不知她在想什么。

雪儿好像猫，不像只小狗，可是，她没有猫的骄傲，她不离不弃，卑微地爱着每个人，直到死去。

她过于安静，当在家里徘徊行走时，小趾甲与地板接触，会发出"吧嗒吧嗒"轻微的脚步声。

雪儿生于十六年前。初生的雪儿，像大耗子一样，奶白色皮肉，光滑水亮，紧紧依偎着她妈妈，睁不开眼睛。多么娇小、脆弱！还是小学生的我背着书包，伸出"五指山"，轻溜溜就把她拎了起来。

一个月后,她被送给外公外婆养,刚喝完奶,就被外婆竖着抱在胸前,肚子受到压迫,我眼睁睁看她从嘴里开始吐奶,一边吐,一边还用黑溜溜的眼睛看着我,双眼皮耷拉着,水葡萄般的大眼珠里写着无辜,全身散发出一种刚抵达这个世界的彷徨。

就这样,雪儿刚刚断奶,还是个小不点,就被抱回了家。八年的生命,她尽职尽责,安分地依偎和陪伴着两位平凡的老人。

雪儿很能吃,是几个姐妹里长得最胖的,但是性格也是最温驯的。她出生于三月八日,是双鱼座。与人类的孩子一样,雪儿从幼年到青年,也是转眼的过程,小狗的身体,每一天都在长大。

五岁之前,她有些过度活跃。她最爱做的事情,是站起来趴在人腿上,用黑溜溜的眼睛望着你,喉咙里发出细细的声音,如果你用手拍她的爪子,她也会拍回来。散步的时候,雪儿会独自先跑到很远的地方,然后停下来,回过头等待,眼光一直牵着你,如果她走得太远,会索性坐在地上,告诉你她的耐心,如果你在原地逗留太久,她会焦急地跑回你身边,雀跃着接你,催促你,环绕你。

雪儿喜欢被抱在怀中,在怀里她会缩得小小的,把脑袋深深藏进你的臂弯。她享受抚摸,并乐意仰面躺着,将脆弱的肚皮暴露在外,两腿不害臊地大开着,用实际行动告诉你,她还是个孩子啊。

这个孩子很快就成熟了。没多久,雪儿来例假了。可是雪儿一生没有生育,也没有谈过"恋爱"。

尽管如此,她却特别懂得爱,懂得表达爱,也懂得索取爱。她的舌头、口水、小手、小脑袋、眼睛……全部可以用来存放和给予爱。

关于爱,她似乎不需要学习。

就连感到失望,她也是顺受的,当她的热情遭遇冷漠,她只会静静回到自己的小窝，一声不吭地趴着，像在想什么。你过去跟她道歉，第一次叫她名字，她不理你，但是尾巴却摇起来了，再叫她一次，她一边继续摇尾巴，一边抬头看你，第三次叫她，她会站起来，走入你怀里。

她知道止损，从来不恶化僵局。她永远那么友善，面对你的愧疚，她最爱用一种无法定义的包容去回应。

我突然意识到，雪儿的一生，从没有伤害过别人，也没有伤害过自己。这是怎样的奇迹？

她几乎没有犯过错，没有闯过祸。没有跟其他狗儿打过架，没有跑丢让我们焦急过，甚至从没有在家里厕所之外的地方尿尿和大便。

她是令我惊讶的。雪儿衰老以后，格外安静，连声音都不怎么发出，到哪里都只是一团安静的白色绒球，你走到哪儿，她跟到哪儿，或者就静静地待着。她不再如青年时那么活泛，最喜欢蜷缩在外公脚边，每一个来家里的人，她都会去门边接，回应人们的问好，只是她再也跳不起来了。

雪儿所有的娱乐，除了跟我们撒娇，就是每天傍晚的散步，当然还有一年一度的春节。大年三十，家里一下热闹起来，亲戚家的小狗也会来串门，他们相处得很好。

我不知道什么算是一生无过。如果雪儿的温驯、亲切、不生育……是符合了我们人类对宠物乖巧和完美的定义，而因此她被判断为没有过错的灵魂，那是不是未免自私？

在我心里，雪儿只是一只平凡的小狗，从出生到去世，这短暂的几年，做好了这件属于她生命计划的事。雪儿只是无数用一生去陪伴主人的狗儿中，最平凡的一只。

我从未把她当成宠物看待,她在全家人心里,都是一个孩子,是我的妹妹,她有一双人类的眼睛,她比人类懂得更多重要的事。

2008年夏天,雪儿死了,我赶到外公外婆家,只看到一个纸盒子,那么小,里面装着我的雪儿。

我不敢打开,只能蹲在盒子边哭,手轻轻放上去,幻想可以感觉到一些动静。

那天傍晚,我亲自埋葬了雪儿,那年我十九岁,雪儿来到这世上八年,她陪我度过了从孩提到少女的整个花样年华。

我爸说,她是被你们爱死了的。

雪儿心脏病的注射药物,是按照宠物品种和身体重量调配的,多一丁点儿都不行。她死的那天,我没有去给她配药,外公眼睛看不清楚,多注射了一点儿。可是对人类来说的一点儿,对生病中的小动物而言,真的是致命的。

其实她那次生病,我似乎已经意识到她将离去,所以拍下来很多照片。那是我第一次认认真真地拍下雪儿,整个夏天我都陪在她身边,抚摸她,对她说话,安慰她,尽我所能地爱她。

雪儿死后好几年,每当我们在街上看到胖乎乎的小京巴,都会说,看啊,长得真像雪儿。

是啊,其实雪儿没有什么特别的,她不是最名贵的,甚至不是纯种的京巴,扔到一群京巴狗里,或许都很难认出来。

有些感情就是这样,对雪儿来说,我们是唯一的,我们的动作、气味、轮廓,她用一生去观察、熟悉和辨别。所以,只能是她认出我们。我们认不出她了。

她的一张照片依旧放在外公外婆家。收拾雪儿的东西,留下一个她小时候玩过的玩具,还有一条她用过的小毯子。小毯子是我婴儿时期专属的,后来送给了雪儿。舍不得扔,就都洗干净收到柜子里了。

　　她的灵魂选择来到我们家,她选择让我们来爱她。她让作为独生子女,同样年幼、孤独的我获得了最忠诚的陪伴,并学会了珍惜平凡,以及疼爱那些比我弱小的生命。

　　雪儿只在我人生中存在了短短八年。和很多人与事一样,她渐渐变淡了,成为一个柔软的名字,她的死去给我带来的悲伤也早已平复,只是我每次回想雪儿,总会感慨千千万万不起眼、短暂又平凡的生命。她做了一件本分的事,作为一位陪伴者,她尽力了。

　　迄今为止,我没有接触过比雪儿更单纯的生命。

姥爷的大狸猫

◇白娘娘

我同学大毛毛,小时候跟随姥姥姥爷在农村长大,那是一个矿区,和城市不一样,有一些人信奉许多看起来可笑的东西,口口传授一些荒诞不经的故事。

大毛毛的姥爷有一只大狸猫,是真正的中华田园猫,性子极野,每天定点回家吃饭,偶尔休息一下,大部分时间都在田间野外闲庭信步,抓鸟抓虫抓老鼠。此猫没有名字,姥爷就经常站在大门前扯着嗓子喊:"死猫!猫!玩野了也不回家!"大狸猫心情好就慢慢悠悠地从犄角旮旯钻出来进屋,心情不好了在你能看见的地方幽幽地看着你,喊破了嗓子它才进来。

大毛毛说她小时候不喜欢这只猫,觉得它太傲气,不搭理人,不让摸,更不能抱,有次她拿勺子给大狸猫喂饭,欲擒故纵地逗了两下,大狸猫气得死死咬住了勺子,费了好大劲才拔出来,铝勺上面深深浅浅的全是牙印。大毛毛心有余悸地说,那大猫,爪子都磨得铮亮,牙尖嘴利的,不像好猫。

姥爷是个很传统的庄稼汉,不苟言笑,吃饱了就坐在马扎上抽袋烟,大狸猫这个时候会趴在旁边眯着眼。一猫一人,不说话也不交流,像幅画却又有流动的情绪。

农村的大房子一般有个柴屋,也就是放柴火的小屋,也不知道哪年哪月,姥爷家的柴屋搬进去一只黄鼠狼。那黄鼠狼不偷鸡,自给自足,姥爷一家觉得也算是一种缘分,就纵容它住了下去,偶尔看到黄鼠狼一溜烟蹿过去的身影,大狸猫瞪了瞪眼,也就过去了。本来相安无事,谁想到这黄鼠狼有一天忽然开始偷鸡,姥爷养了十几只鸡,一来二去被那黄鼠狼偷干净了,姥爷终于忍无可忍,一天集合了全家老小,在柴屋对黄鼠狼围追堵截,那东西灵巧得很,折腾了大半天也没抓到,姥爷一怒之下把柴屋的柴全掀了,找出了一窝小黄鼠狼,小黄鼠狼们叽叽歪歪的还不怎么会走,姥姥看得心疼,说:"要不算了吧,估计它以后不敢回来了。"姥爷说:"凭什么?一个村这么多人养鸡,我好心好意给它地方住,它专偷我的鸡,不就是欺负我老头子吗?我天天下地又养鸡的就容易?"说完把一窝小黄鼠狼全部砸死了。

在我们那边农村,黄鼠狼被认为是具备超自然能力的生物,俗称"黄大仙",所以这事一出,整个村的人见了大毛毛都会说:"你姥爷可不得好,砸死了黄大仙的儿女,黄大仙肯定要找的。"姥爷全当他们胡说,照样下地干活。

一个礼拜后的一天晚上,姥爷家院子后面,有一片半人多高的荒草地,那母黄鼠狼藏在草堆里,对着姥爷家围墙叫,声音凄惨,像哭像怨,一喊喊一夜,扰得邻居都不得安生。第三天,姥爷不顾家人劝阻爬上了墙头,坐在上面点了一袋烟,开始和黄鼠狼聊天。

他说:"我子女都在城里,就这么点儿地这么点儿鸡,你住进我家这些日子,我有没有难为过你?全村这么多人养鸡,你只偷我的,你是不是欺负我老头子?"那黄鼠狼也不说话,在草丛里眼睛忽明忽暗像在静静地听,就这样一直到天蒙蒙亮,姥爷的嘴边都是沫子,草丛里瑟瑟地动着一条长线,黄鼠狼走了。

当天夜里,家里人刚睡下,那黄鼠狼便又来了,又开始凄惨地叫,姥爷不顾家人劝阻还是上墙头和黄鼠狼讲理,天亮黄鼠狼又走了。如此反复三天,姥爷嗓子都哑了,家人也个个精神萎靡,不知道怎么办。第四天半夜,倔脾气的姥爷又去了,这时候大狸猫也爬上了墙头,听了一会儿,忽然一个纵身跳了下去,草丛里一阵异动,猫叫声、黄鼠狼叫声混成一团,姥爷急得跳下去找,那两只不一会儿就打出了草丛,不知去向。

大狸猫两天没有回家,姥姥急得直哭,埋怨姥爷不该作孽,搭上了自己家的孩子,姥爷也不反驳,只抽着烟每天在门口看。第三天下午,大狸猫回来了。大毛毛说,她第一次见大狸猫这么狼狈,一只天天在村里欺负其他猫狗、抓鸟捕虫的大狸猫,一身干涸的血迹,走路一瘸一拐,回来后姥姥抱着它,气息都是微弱的,只是眼睛还是炯炯有神,不叫也不动。等到姥爷下地回家,一眼看见大狸猫被姥姥这么抱着,一猫一人,雕塑一般对视了几秒,大狸猫对着姥爷一声哀嚎。那叫声和那一眼大毛毛一辈子也忘不了,她说:"那好像有说不完的话、诉不完的情,仿佛时间都凝固了,又仿佛周围的一切都在转。"大狸猫就这么死了,直挺挺地躺在姥姥怀里,眼睛一点点地暗了。

黄鼠狼再也没有来过,村里人都说大狸猫也成了精,才斗得过黄大仙,可势均力敌赔上了命,是只好猫。而姥爷什么都没说过,只是把大狸猫埋在了屋后草丛里，任姥姥和大毛毛哭天喊地，姥爷也没有掉一滴眼泪，没有说一句话。

大毛毛说，倒不是说从那以后有了什么嫌隙，跟姥爷还是感情很好，就是时不时会觉得心里堵，为什么姥爷对大狸猫这么冷漠？她常常去大狸猫的坟前说话，有时候放一条大狸猫爱吃的小鱼干，而姥爷，就像家里从来没有过大狸猫一样，下地回家，吃饭聊天，一切如故。

到了大毛毛在城里上高中的时候，姥爷去世了。大毛毛和姥姥收拾姥爷的遗物，有一个姥爷一直锁着的小抽屉终于被打开了。大毛毛看到，里面有姥姥姥爷一张模糊的合影，一块家人送的一直舍不得戴的老手表，还有一件东西让大毛毛当时就号啕大哭，那是一把铝质的勺子，明晃晃的，看上去经常拿出来把玩——勺子上，是好几排大狸猫清晰的牙印，一排又一排，像一串纷乱的足迹。

爱猫大老黄

◇ 高军

我家有个院子,常年有老鼠往来。院子外面有家饭店,老鼠晚上在那里吃饱了,白天在我家睡觉。我本来是戒杀生的,老鼠一家晚上回窝,好有爱!老鼠爸爸下班后,顺着后院中的玉兰树鬼头鬼脑地往下出溜,老鼠妈妈一会儿也下来了,然后是三只小老鼠,肚子吃得溜圆,从树上滚下来,然后顺着墙根一眨眼的工夫就不见了。老鼠进出是有固定路线的,记得原先有一窝老鼠是顺着小院中废弃的电线往里面走,我把电线给放松了,几只老鼠走在上面像扭大秧歌一样。

小老鼠不懂礼数,常常跑到我书房的窗口往里窥视,跟我瞅个眼对眼。它把两只小爪子捧在胸前,红红的小眼睛看着我,带着询问的神气,似乎在说:"哥,在忙什么呢?"然后它伸出粉红色的小嘴啃纱窗。这太过分了!我提供你们住处,现在城里房子多贵啊!你还祸害我的纱窗!还在后面啃我的书,啃了一地的纸屑。还有王法吗？我起了杀心了！犯了嗔戒了！本来这事轮不上我动手，如果我家大老黄还健在，它早收拾你们这些宵小了。它那个火暴脾气。

说真的，我真想念大老黄，有时还梦到它的音容笑貌。我喜欢猫，喜欢它独来独往，喜欢它安静，喜欢它时时优雅的样子。当然动物发情的时候都不安静，大猩猩捶打胸部，鹿顶架，鸟啄毛，狗打架。猫发情的时候叫起来像娃娃哭。猫很自持，如果你弄烦它，它会毫不留情给你一爪子，亲大爷也不行！跟猫玩得有那么一种距离感，你不能过分。它时时提醒你做人要放尊重点儿！大老黄就是这样一只好猫。它不太腻人，它感觉你有事了，就轻轻从你腿上跳下来，伸个懒腰，把身子伸得跟一张弓似的，然后悠然地在沙发上躺下来。

晚上下班了，大老黄用头把纱门拨开（纱门有弹簧），闪电一样蹿出去，坐在门口迎接你。人还没进家，它就围着你转来转去。大老黄把尾巴竖起来像根旗杆，在你腿上蹭来蹭去。大老黄的骨架子很大，像一只狗。有时家里来客人会问："你家养的是什么品种的猫？怎么像只小狗一样？"我也不知道大老黄是什么猫。这只猫是我从南京用一只蛇皮口袋装回来的，手还被它挠烂了。第一天晚上，它在家里狂叫挠门，到了半夜的时候实在被它吵得不得了，就把它放出去了，心说不回来就算了！早晨的时候它心满意足地坐在门口，给它倒了一点儿牛奶，它舔起来，弄得胡子上全是奶，每根胡子上残留着一滴奶珠子。猫知道回家就算养住了。大老黄爱干净，从来不要猫砂之类的东西。我不知道它在哪里大小便。它要大小便的时候就要出去，疯了一样挠门。闲的时候就搞卫生，回过头来舔后背，舔屁股，自己把自己打理得很干净。

它不吃老鼠，但是它玩老鼠。如果吃老鼠，它不会活到那样的高寿，早被毒死了。大老黄抓老鼠神乎其技，有一次一只老鼠正从墙头上跑过，大老黄蹲在下面，对着墙头发出"喵"的一声，老鼠从墙头一跤跌下，被大老黄伸爪就按住了。后来也是我多事，准备撵走大老黄，亲手来拿老鼠，结果给它跑了，惹得大老黄非常不高兴，用鄙夷的眼神瞅着我，悻悻地离开了。

晚上散步的时候，它陪你走一段，但不走远，顺着巷子走到马路口，它蹲在那里看看街上车水马龙的，不喜欢！又掉头往回走。路上小孩子逗它，它也不理的。春天巷子里的砖地上长出车前草或者扫帚苗，它喜欢咬上几口，这是它的素菜。有一种草有呛人的味道，它吃一口就咳嗽起来，然后平地跳起来，像被人打了一鞭子。

大老黄喜欢表功，经常把抓来的老鼠放在卧室的门口，然后拿头撞门，早晨起来，常常发现门口有只大老鼠。有一次竟然发现两条大鱼，以为是它从隔壁饭店偷来的，谁知道是把我们楼上一个离休老干部买来准备过年的鱼给偷回来了，怪不得收拾得干干净净的，连鱼的内脏也扒掉了。到了中午，就听到离休老干部的老婆骂他："混了一年了，过年叫你买条鲢鱼，你买了两条混子，混子就混子呗，还让猫给偷走了。"后来我把鱼收拾干净，送到楼上去，他们家不要了，说给你们家猫吃吧，它一年到头也帮这附近除了不少老鼠。

这猫喜欢逮老鼠，老鼠是它教育孩子的教具。哦！忘了说了，大老黄是一只母猫，一年要下两窝小猫。记得来我们家后第一次就生了两只小猫，黄毛中夹点儿白，估计公猫是白的。小猫稍长大点儿就要受教育，它到外面拿了一只老鼠回来，用嘴叼着。老鼠没受重伤，手刨脚蹬的。它把两只绒团似的儿女喊了来，用一只爪子按住老鼠。两个儿女排排坐，看老妈演武。它一松爪子，老鼠不跑。大老黄似睡非睡地眯缝着眼睛，小老鼠以为逮着活命的机会了，往前一蹿，闪电一样。大老黄轻轻地一按就把它捞回来了，像一个武林高手面对一个很弱的对手，随便得一塌糊涂，然后它让小猫来学。小猫玩性大，有时真还让老鼠跑远了，大老黄几步就给截了回来。常常没有等到小猫学会，它们就要跟妈妈分开了。家里养不了那么多猫，送小猫走的时候是人也伤心，猫也伤心。老猫夜里在房前屋后悲泣着找小猫，哭一整夜。

有一年大老黄生了四只小猫，黄中带黑。大老黄躺在地上敞着怀，四只小猫拱在里面吃奶。我老爸说："能送的全送遍了。这回生这么多送给谁呢？"小猫长大了，老猫带到后园玩。一只小花猫爬到木栅栏上，把木栅栏给压倒了，结果把小猫给压死了。老猫听到小猫的哀嚎，就蹿过来舔小猫身上的血，小猫的肚子一鼓一鼓的，渐渐没了气息。

后来，我就不养猫了。

麦片的一生

◇ 大姜仔

1. 一岁

麦片一岁那年,姑妈三十岁。

她在菜市场里引起了麦片的注意,也许是她微微发福的身材,也许是她手里提着的鱼肉,总之,麦片跟着姑妈走了半个多小时,一路随着姑妈回了家。

姑妈不喜欢麦片,它脏兮兮,臭烘烘,怎么看都不讨喜,一身的毛跟劣质鸡毛掸子一样挂满了污泥。

麦片倒是很喜欢姑妈,冲她不停地摇尾巴。

姑妈在门口想了想,还是狠心把麦片关在门外。

吃过晚饭,姑妈一边看着韩剧一边总忍不住惦记着麦片:也不知那流浪狗走了没有,也不知它吃东西了没有,也不知它有地儿遮风挡雨没有?

她惦记得烦了,干脆打开门一探究竟,嚯,那狗正立正站好冲她摇尾巴呢!

姑妈也顾不上自己正穿着刚洗净的睡衣,一把抱起麦片,发誓般地说:"好狗,以后你就在我家住下吧!"

就这样,麦片有了家,麦片洗了澡,麦片吃了一碗温乎乎的全麦麦片,然后,麦片挨着姑妈睡着了。

姑妈说,它到家第一顿饭吃的就是麦片,以后就叫麦片吧。

2.三岁

姑妈对麦片一直不热情。或者说,姑妈对全世界都是冷冷淡淡的。

我想这世上除了麦片,大概谁也不敢一直往姑妈身旁凑吧。

麦片三岁那年怀了小狗崽,肚子胀得鼓鼓的,折腾了一夜没生下来。姑妈就陪着它在产房里坐了一整夜,还是那副冷冷的样子,不过眼眶红红的。

她伸手拍了拍麦片的脑袋说:"好狗,别怕。"

第二天早晨,麦片生下三个孩子,它把孩子叼到姑妈身边,用脑袋蹭蹭她的腿。

姑妈笑了,虽然极力忍耐着,但还是笑得人人都吓了一跳。她还用不大习惯的亲密方式抱了抱麦片,用脸颊蹭了蹭它的脑袋。

大家都说姑妈变了。

姑妈板着脸不肯承认:"谁变了?我生下来就这样!"

说完转身去给麦片煲羊汤。听姑父说,为了麦片,姑妈偷偷去报了电脑班,在互联网上申请了一个狗狗论坛的账号,没事就上网学习有关养狗的知识。

我们问姑妈,她不承认,她说学电脑是为了自己的思想进步,不落人后。

3.五岁

麦片五岁时被狗贩子偷过一次。

姑妈带着它去散步,低头系鞋带的工夫麦片就不见了。姑妈手足无措地怔了很久,慌慌张张地四处找。找了整整一天未果,一夜没能合眼。

第二天一早,她便去复印社印了个牌子:寻找麦片,重金有赏。

她举着这八个字在菜市场晃悠了一整天,好些人劝她,别等了,被抓去不是卖了就是杀了。

姑妈不听,坐在石级上直落泪。

直到傍晚时分,那狗贩子竟然抱着麦片出现了,气呼呼地把麦片往姑妈怀里一送,说:"你家这坏狗,卖到别人家去不吃不喝叫了一整夜,警察都跑去敲门警告,结果一大早就被退回来了。五百块,你给我钱,我把狗还你!"

姑妈一摸兜,总共八百块钱,一分没留全给了狗贩子。

她接过麦片的时候,麦片的嗓子已经哑得发不出一点儿声响,姑妈说:"好狗,你不会说话,可我懂。"

从那之后,麦片便有了狗生第一个项圈,项圈上挂着狗牌,狗牌上印着姑妈的联系方式。

在姑妈看来,那个项圈不仅是一种约束,而且是彼此间再不走散的誓言。

4.十岁

姑妈在她四十岁那年生了一场重病。

住进医院那天,姑妈一直在发脾气:"我不住院,住院了谁管着麦片吃喝拉撒?"

姑父又可气又可笑："你倒是不担心我的吃喝拉撒。罢了罢了，我照顾它不就得了。"

姑妈一撇嘴，说："我不放心！"

姑妈坐在病床上垂着头，活像个闹脾气的小孩子。半晌，她叹口气："谁照顾它我都不放心。它十岁了，在狗狗的一生中已经算是个小老太婆了。我遇见它那年它才是那么丁点儿大一只小狗，现在竟然比我先老了……你说我怎么能放心……"

麦片确实老了，身上软乎乎的毛也有些染了黄色，滴溜儿直转的大眼睛也不再一刻不停地藏满好奇。

姑妈住院的那半个月里，麦片一直很乖巧。在姑父的照顾下按时吃饭，按时散步，按时洗澡。唯一的不同是，麦片开始了漫长的等待。

从早到晚，一直安静地蹲在门口屏息凝听，实在困了，便把头顶在门上睡去。

姑父说，它这是在等待姑妈的脚步声。它似乎笃信姑妈一定会回来，所以它选择乖巧安静地等下去。

一个月后，姑妈出院。

那天的麦片格外兴奋，一大早就不停地在门前徘徊，一向安静的它竟也时不时地叫上两声。

从那之后，姑妈总是在收拾房间时搜罗出没吃完的狗狗零食，这些被麦片的口水浸湿过的零食大多藏在姑妈的卧室里：柜子后面，梳妆台的角落，矮凳与墙角的旮旯。

姑妈哭笑不得："麦片啊，这是给我留着等我回来再吃呢。"

5.十三岁零五个月

大约在它十三岁那年，麦片得了场重病，不断的腹泻导致它情绪低迷。

大病初愈后，麦片的精神一直不大好，唯一提得起劲儿的事情就是每天傍晚跟着姑妈出去散步。

有时走得累了，喘得急了，便站起来耍赖，要姑妈抱着走。

路人纷纷侧目，问姑妈："这狗这么胖，你抱着走不累吗？"

姑妈说："不累，它喜欢出来遛弯，又走不动，我抱着它走也比它在家里闷着时高兴些。"

不过麦片撒娇也是分人的。它只和姑妈撒娇耍赖，如果是姑父带着它遛弯，它宁可自己挣扎着走慢一些，也万万不会站起来扒姑父的裤腿要求抱着。

2010年的初冬，北方大雪。

姑父带着麦片出去踩雪，走了十几分钟，麦片突然不走了，趴在雪地里迷茫地望着姑父直喘气。

姑父这个人，向来喜怒不形于色，看见麦片如此，却禁不住落下泪来。

他说，这次，麦片是真的走不动了。

6.狗狗的一生

那场大雪过后没多久，麦片就去了。

麦片要走之前的那段日子几乎已经丧失了进食的能力。姑妈知道，他们的缘分就到这儿了。

姑妈为了让它高兴，时常抽空抱着它出去晒太阳，有时候甚至一直陪它在外面待到傍晚。

麦片离开的那天下午，姑妈泡了一些全麦麦片放在麦片面前。姑妈说："你第一次进我家门，吃的就是麦片，现在你要走了，再吃一口，吃饱了也好让我放心。"

此生拜托了

那天晚上,姑妈一直陪着麦片,夜深了,她倚着客厅的沙发眯了一会儿。醒来时麦片已经走了,它的脑袋紧紧地挨着她的腿,就像它来时的那一天一样,而地上放着的麦片也少了一些。

我们都怕姑妈会扛不住这难过。她却说:"我没事。"

麦片是条好狗,它陪了姑妈这么久,现在走了,姑妈不怪它。

家养宠物犬的平均寿命只有短短十几年光阴。它们没有选择主人的权利,对它们来说,主人就是它们在这世上活着的所有原因。

如果你决定带一只小狗回家,请你首先问问自己,你是否可以毫无怨言地承担百分之百的信任和依赖?你是否有自信给它一个没有伤害、没有离别的温馨环境?当它生病或年迈时,你是会因为外力因素选择丢弃,还是会陪在它的身边,直到它走完短暂的一生?

我相信每个人都会有自己的答案。

一只叫"烧卖"的猫

◇夏达

最近天气凉下来了。

天亮得晚了些，下午也不再是明亮的白昼，却还是在夏天的尾巴上，总也不想撤掉席子。夏天被人抱抱都会喵喵惨叫着挣脱逃往卫生间冰凉地板的猫儿们变得异常黏人，夜里和早晨醒来总会看见四只酣睡的大猫倚靠在自己身体各处，细细的鼻息和偶尔抖动的胡须总让人不忍翻身。

"烧卖"是其中的一只。

猫都是有自己的地盘的，比如烧卖这么多年就一直固定睡在我的右脚边。不知为什么……最近它抢了其他猫的位置——枕着我的左胳膊，头稍稍靠在枕头上，正面向我。而且在我睡着后会用爪子的肉垫来推我的脸……这么被弄醒好多次后我愤怒地把它赶了下去，不到十分钟它又会上来……如是再三。

你到底想怎样？我无奈地和它对视，微弱的光线里它温润的瞳孔又黑又大，黑丝绒一样温驯又天真。默默对望了三分钟，我心软下来，叹口气闭上眼睛，黑暗中温热的爪子又推上了我的脸。睁开眼又对上了它的视线。"你只是想让我多看看你吗？"它的眼神依然温驯而天真。

烧卖上年纪了，原本能吃能睡的它有一年贪暖，整个冬季趴在地暖最热的地方，几乎把自己烤成了猫片儿，粗心的我带它去医院的时候，发现它已经是肾衰竭。关了暖气待到春暖花开的时候总算是慢慢地缓过来，却一直没胖起来……现在每况愈下。

对宠物来说，主人的生命就像天地一样悠长吧？自己只是小小的一部分，不能从开天辟地陪伴到世界末日。

你，是希望我好好地记住你吗？

床到电脑桌只是段很短的距离，年轻的猫打个滚就翻了过去。我眼角看着烧卖蓄势弓身，一跳，却只前肢搭在了电脑桌上，胡乱抓挠一阵还是跌到了地上。它爬上床背过身不看我，假装什么事也没发生过，尾巴尖却在不安地抖动。

我终于忍不住，扑过去把脸埋进它背上柔软的绒毛。

泪如雨下。

谢谢你陪我走过的时光。

我会记得你，直到我向世界谢幕。

最后它先走

◇ 大熊

小锅前阵子领养了一只小奶猫,娇俏可人,每天在微博上发奶猫萌照,粉丝涨得特别快。

我打心眼儿里羡慕。

小时候我家里养了狗,鼎盛时期爸爸一口气养着三四条狗,每次我去给这些狗崽子喂食,都得端一个脸盆过去。

虽然这些狗崽子中不乏价格昂贵的大狼狗和整天卖萌的迷你博美,可最受宠的狗崽子是其中那条中华田园犬,简称"土狗"。

土狗名叫虎子,长得膀圆腰粗,可性格十分温驯,每次博美仗着身形瘦小抢肉吃,它都无怨无悔地蹲在一旁,默默地等博美吃完。

最爱虎子的人是爸爸。

家里吃饭的时候,虎子就端端正正地坐在爸爸边上,爸爸吃一块肉,就给虎子丢一块。

好几次等我上桌时,肉已经差不多没有了。

其他几条狗则被挡在门外面,一脸的羡慕嫉妒恨。

我委屈地跟妈妈抱怨肉都被虎子吃完了,妈妈批评爸爸的行为后,转头却给虎子煮起排骨汤。

更过分的是,爸爸连外出参加酒席,都要带着虎子去。

我问他:"为什么不带小黑?小黑好歹是条大狼狗,长得又霸气,牵出去多威风。"

爸爸摆摆手,笑呵呵地说:"你不懂。"

有一次我和爸爸一起去喝喜酒,他习惯性地呼唤虎子。虎子兴高采烈地奔过来后,他才惊觉说:"今天带我儿子去,就不带你了。"

我至今想起这句话,心里还是有点儿怪怪的。

虎子呜呜了几声,果然没跟着出来,只是依依不舍地站在门口看着我们离去。

爸爸在酒席上向来逢酒必喝,三下五下就喝得眼神迷离。

酒席散的时候,他自然而然地对我说:"虎子,带我回家。"

我一脸不高兴:"我是您儿子。"

爸爸"啊"了一声,这才反应过来,尴尬地背着手,一个人走在了前面。

回家的路上,爸爸的脚步已经有些踉跄,我紧紧抓着他,怕他跌倒。

爸爸轻轻摸着我的脑袋,说:"虎子啊,多亏有你在。"

心里刚升起的那丝温情瞬间消失了,我生气地摇头甩开他的手:"我不是虎子,您那么喜欢虎子,让虎子做您儿子吧。"然后独自跑掉了。

我一口气跑到家。虎子居然还站在门口，看到我就欢天喜地地奔了过来，使劲儿地摇着尾巴，还不停地哼哼唧唧地用嘴巴拱我。我这才明白过来，它在找我爸。

我没好气地指着后面说："我爸在后面呢。"

虎子一听，撒腿就往我指的方向跑。

没过一会儿，虎子就领着爸爸出现在巷子口，慢悠悠地往家里走。

爸爸只要停下来伸出手，虎子就凑上去用舌头舔舔，然后他们继续往家走。

一人一狗，一高一矮，昏黄的路灯，在他们身后打出长长的影子，就像一幅流动的画。

第二天，爸爸酒醒过来，给我讲起了虎子。

那次他吃完酒席回家，在路上碰到一个醉汉，醉汉把他误认成别人，紧紧拉着他不准走。

后来，醉汉恼羞成怒之下居然捡起一根铁棍就想打，就在此时，身后传来狗叫声。

爸爸一看，是虎子——毛发耸立，龇牙咧嘴地对着醉汉狂吠。

醉汉挥舞着铁棍就朝虎子扑了过去。

虎子一口咬在醉汉的大腿上，死死不松口。等附近的人过来把醉汉制住时，虎子身上已经挨了好几重棍。

爸爸那么大个人，抱着虎子哭得涕泗横流。

幸好虎子没被打中要害，被爸爸好吃好喝地养着，伤好后足足胖了一大圈，变成了胖虎子。

从此，我爸出去应酬，虎子都会偷偷尾随他。被爸爸发现后，他就主动带虎子出门了。

有一次虎子好几天都没有回家,爸爸急得夜不能寐。直到有邻居过来说,看到街上有条狗快死了,看样子像我们家的虎子。

爸爸一听,穿着拖鞋睡衣就跑了出去。

没一会儿,他就抱着一条狗回来了——真的是虎子。

虎子十分狼狈,肥硕的身子瘦了一圈,原本油光发亮的皮毛也灰扑扑的,气息微弱,只是眼睛却一直炯炯地看着爸爸。

爸爸轻轻摸着虎子的脑袋,说:"虎子啊,你跑哪儿去了?"

虎子小声地呜咽着,伸出舌头弱弱地舔了一下爸爸的手背。

爸爸又说:"虎子啊,我们已经回家了,放心去吧。"

虎子突然对爸爸叫了一声,那是我头一次看到狗掉眼泪,虎子那种不舍的眼神我一辈子都忘不了,叫完那一声,虎子的眼睛才一点点地黯淡下来。

虎子就这么死了,至今我也不知道原因。

爸爸没说什么,只是一个人在花园里挖了个坑,把虎子埋了进去,然后正常地吃饭睡觉,就像家里从来没养过虎子一样。

我心里想,爸爸真坚强,不过等他参加酒席时,肯定会想起虎子的。

可他却没有,出门时没有丝毫愣神,拔腿就走了。

我不由得失望,爸爸难道这么快就忘记虎子了吗?

后来我们全家要搬到城里住,我在收拾东西的时候,在爸爸的衣柜里找到一个东西。

是虎子的项圈,项圈上还刻着"爱犬虎子",后面有虎子的英文名Tiger。

当时我的眼眶就湿了。

你没有被一条狗忠心耿耿地对待过,也许就永远无法理解那种默契温暖的情感。

在它们的世界里，你就是唯一的主角。

如果这个故事感动了你，我猜你一定是个善良的人。

希望你们都能善待街边流浪的小动物，收获这无与伦比的感动。

世事无常，虎子，我想你了。

此生拜托了

黄猫

◇王长元

李嫂是冷着脸进到屋里来的。进屋后,连个招呼都没打,说:"那只败家猫,倒是管不管?"随之便把一副血淋淋的鱼骨架拿到我面前。

"别说了,李嫂,我赔。"我赶忙去兜里掏钱。

她前脚刚走,妻子随后就冲我发起了脾气。

"好!别说了。"我一咬牙下了决心。

呜——我被火车的汽笛声震醒了,将怀中旅行袋打开一点儿,偷眼看去,猫咪正仰着头,目光相遇的刹那,我心里一动,赶忙抬起头,不再看它。

算来,这东西被抱来足有三年了。

刚送来那会儿,它还没有这般健壮,眼睛也没这般明亮,可是老鼠稍微一露踪迹,它便利箭一样飞射过去。有次一只老鼠出来,爪子几乎踩了它的胡须它也不动,像没了知觉一样,待那老鼠忙碌起来，它才一跃而起，准准捕住。因生存危机，老鼠们都去左邻右舍家里了。

我一有空闲，就喜欢逗弄它玩，把脚故意放在它眼皮底下，渐渐地，它的眸子凝聚成一个黄灿灿的亮点，直视那勾动的脚丫，之后，便佯作捕到耗子神态，眸子牢牢盯着脚趾，用尖尖的胡须一下一下触碰它……终于，我忍不住哈哈大笑起来，它也恰到好处停止嬉戏，喵喵地叫了起来。多么通人性的东西呀，哪个能够不喜欢？

不愉快的事情发生在一个星期天，李嫂给孙子买了个蝈蝈笼子。孙子有了笼子，像得了宝贝一样，午饭后，李嫂要哄孙子睡觉，就将蝈蝈笼子挂在窗户外边。李嫂哼着催眠曲，猛听"啪啦"一声脆响，她抬眼望去，猫两只前爪正死死按住那只蝈蝈，蝈蝈的脑袋扁扁的，肚子冒了黄水，翅膀像破碎的纸片，东一块西一块散落着，那只带着毛刺翠绿的大腿在一蹬一蹬地挣扎。

有了这一次，我对猫的管教严格起来。这回，事情发生在张家。老张退休后，老伴又死了，孤独得要命，在北京的儿子托人给他捎回一只会说话的鹦鹉来。老张就常跟鹦鹉唠嗑，简直把鹦鹉当成了命根子，上街捧着，晚上睡觉都恨不得放进被窝里。

这一日，老张出来晒太阳，手里依旧捧着鹦鹉。蹲了一刻钟工夫，老张有些困倦，跟着睡意便悄悄袭来，只听得身旁嘎嘎的叫声，他从睡梦中醒来，再一看身旁，一只黄猫正死咬着他的鹦鹉的脖颈，血汩汩朝外喷涌，地上的泥土已洇湿了一片……

猫这次惹的祸，让我们无地自容。妻说，这种讨厌的东西，还留着它做什么？赶快扔掉吧。

就在这次鹦鹉事件的第五天，这个鬼东西又吃了李嫂的鲜鱼。没办法，这回只得扔掉它了。

这是一个没有站牌的小站，下了火车，走了多久，我不记得了，最后，在一块有花有草的地方停了下来，当我轻轻放下提包，一丝一丝拽开拉链的时候，我惊奇地发现，猫的眼角已经被泪水浸湿了，每根长长的睫毛上，都似乎挑着一颗亮晶晶的泪珠。

当时，我心里一下就酸得不行了，还是把事先准备好的一些食物，放到土塄下边，以备应急之用。我还要和它再做一次游戏。脚，放在了它的眼皮下，脚指头一弯一弯地勾动，它也像理解我的心境一样，依旧用胡须触我的脚背，用牙齿咬我的脚趾，用爪子挠我的脚心……这一切做得那么殷勤、细致、认真，似乎有讨好我的意思，只是玩耍到后来，我方感到情形不对，它咬我裤脚的嘴，再也不松开了，就那么死死地咬着……这一咬，把我的眼窝又咬酸了。

到家时，已经是晚上九点。我兜头躺在床上，昏昏地睡去了。

第三天，我和妻子正吃晚饭，忽然房门外传来一阵"咔哧咔哧"的声响，我愣了一下，问妻子，什么声音？

我和妻子悄悄将屋门打开，黄猫侧身躺在地上，已奄奄一息了，四只爪子已经磨得露出白森森的骨头，爪瓣的缝隙处，都在渗血。只有那嘴巴上的胡须一动一动，还能断定它是活着的。

我和妻子连忙把它抱进屋里。当晚，它便死了。

看着它那空瘪瘪的肚子和血淋淋的爪子，妻子似乎比我还难受。我们都不明白，它这么急着回来，究竟要干什么？

小乖,你来过

◇黄磊

所有善良的生命都有着自己的天堂,在那里他们幸福平安地生活着。我们的乖乖现在就住在小狗的天堂里,它长着一双美丽的翅膀,从此可以自由地飞翔。

经过72个小时,我和妻子还是不能相信这是真的,我们真的失去了它,就在2008年的最后一天。

乖乖是一只小土狗。2002年的冬天,我和妻子等一个朋友来家中做客,朋友竟然抱着一只小狗进了门。她说在路边看到一个人在卖狗,小狗被放在一个纸巾盒中,冻得浑身发抖,她觉得这小狗怪可怜,就花了一百元钱买了下来,可是她家已经有了一只狗,加上元旦快到了,她想送给我们当新年礼物。听完她的话,我和妻子都有些不知所措,我们从未想过养狗,而且妻子有些怕狗,可是朋友一番美意,又实难拒绝。就这样小狗被留在了我们家中。朋友走后,我们俩坐在沙发上看电视,一直心神不宁,因为那只无助的小狗就蹲在电视机前看着我们。

"先放在这儿，明天找个人家送走它。真逗，哪有没事送人家狗的。"我看着小狗看着我的眼睛顺嘴说道，心中还有几分不安。

"行，先给它洗洗吧，看它脏的。"妻子建议。

"对，洗洗，再弄点儿吃的给它。"我从沙发上站起身走向它，它没有躲闪，只是等在那儿，望着我。

从那一刻起，它就成了我们家的一员，我和妻子开始一天一天爱上了它。我们给它起了个最常规的狗名——乖乖。它真的很乖，甚至是顺从，似乎是怕我们再把它送走，要尽量表现好才能留下来。今天回想其实不是，它和我们是注定要生活在一起的，是爱，是缘。

我一度想弄清它的血统，并且不可免俗地期待它系出名门，流落民间。在翻阅了各种画册，咨询了各方狗客，排除了种种可能，并眼看它一点点长大后，我们开始不得不接受事实——它是一只土狗，甚至不是一只纯种土狗。于是我们不可救药地给它编造了一个血统——中华田园犬，多好听！

我们的乖乖个头很小，毛色黑白相间，眼睛不算黑，有些深蓝色，头顶中间有个逗趣的小黑点。它是一只谨慎的小狗，很内向，极少与外人亲近，甚至对我们都是有节制地表达亲昵，它最多只是用头顶着我的手掌心，如果我将手移开一点儿，它就挪动几步再用小头顶来拱我的手。偶尔它也会跳到我的身上，一般都是特殊情况，比如窗外打雷或者过年放鞭炮时，它就会哼哼唧唧地凑过来，然后望着我，趁我不备就蹲到我腿上，用脸紧紧贴着我的腿。它同别的小狗一样喜欢户外活动，每次遛它时它都会快乐地跑在我的前面，可它每次跑出几十米就会停下来，再回过头确定我跟着它，生怕把我弄丢了，好像是它在领着我出门散步，要时刻保护我。

有一次，我们不在家，妻母带它下楼，结果它一高兴就与妻母走散了，妻母到处都找不到它，过了两个小时保安来敲门，说你们家的狗在地下车库你们的车边上蹲了好久了，我想给你们送回来，可谁叫它都不走，一靠近就跑开，转个圈又回到车边。那次吓坏了我们，它倒像个"没事狗"一样。

还有一次，我们已经搬到了一个带院子的房子，因为要出差两天，就将它放到院中，备好了充足的水和狗粮。那两天我们一直很不安，心里总是惦记它。两天后一回到家，赶紧去看它，它竟然将两只小爪子挠出了血，大门上尽是划痕，只喝了些水，狗粮一口也没吃。看着它的白爪子被血染成了淡粉色，我心疼极了。我明白它一定以为我们不要它了，一心只想着回到房子里等我们。

它从未意识到自己是一只小狗，它把我们认真地当成了爸爸妈妈，我们也从来都相信它就是我们的另一个孩子。

还有太多的画面不断浮现于脑海，现在写下的每一个字都如同一把不够锋利的刀，不断用力割扯着我想念它的心。

2008年12月31日，这年的最后一天，我一如往常地起床，给女儿做了早饭，陪她吃完，然后给她穿上衣服。这时乖乖已经急不可待，它的欢乐时光到了。我领着女儿跟着乖乖向着它熟悉的园区走去……

那天，天蓝得出奇，一丝云都没有。虽然是严冬，可阳光下还是有几分暖意。

我和女儿手牵着手，说着只有我们才懂的话，乖乖欢快地跑在前面。一切在几十秒钟内就改变了，两只凶恶的大型卡斯罗猎犬竟然无人牵拉地站在路口，我第一反应就是抱起女儿，两只猎犬向

此生拜托了

着我们冲来,我叫喊着"乖乖快跑",它跑了几步又停下来望着我们,两只猎犬靠近它,它们撕扯在一起……几十秒,乖乖用它瘦小的身体保护着我们。

我把女儿交到赶上来的遛狗人怀中,拿过那人手中的木棍疯了一般赶走了那两只恶犬时,我的乖乖已经躺在了地上……

我和妻子哭了一整天……

我和妻子哭了一整年……

我们哭不动了……

当一切结束时,我最爱的小乖乖就躺在冰冷的水泥地面上,它用尽最后一口气望着我,一如往常地顺从和温柔。我将女儿的脸按在怀中,不敢让她看见,它是她的小伙伴。我摸着它的头对它说"没事了,我马上送你去医院"时,它只是轻轻地呼吸和颤抖,如此平静。它望向我的深蓝色的眼睛渐渐变成了淡蓝色,就像我头上的天。它看到的是天堂的颜色。

我搂着女儿跑回家时,女儿问我乖乖怎么不回家。我回答不出来,她就自问自答道:"我们从这边回家,乖乖从那边回家。"我无声地恸哭。

经过73个小时,我坐在这里,还是无法相信,更不敢回忆,甚至不敢望向地面,生怕它会在那里,像当年那样望着我。

朋友们来电话陪着哭,我说乖乖一定去了小狗的天堂。朋友问:"它还会认得我们吗?我们会认得它吗?它会提醒我们认得它吗?"我说不知道,可从此以后我相信我遇见的每一样生命中都有它勇敢善良的灵魂,我会珍惜善待并且感恩这一切,这是乖乖给我的新年礼物,人生礼物。

尤金·奥尼尔在《一只狗的遗嘱》里写道——"我的悲伤来

自即将离开自己所爱的人,而非死亡,狗并不像人一样惧怕死亡,我们接受死亡为生命的一部分,并非认为那是一种毁掉生命的恐怖灵异。有谁能够知道死亡之后会是什么呢?我宁愿相信那里是天堂。在那里,每个人都青春永驻,美食饱腹。那里每天都有精彩和有趣的事情发生。我们在任何时刻都可以享受到美味的食物。在每个漫长的夜晚,都有永不熄灭的壁炉,那些燃烧的木柴一根根卷曲起来,闪烁着火焰的光芒,我们倦怠地打着盹,进入甜美的梦乡。梦中会再现我们在人世间的英勇时光,以及对男主人和女主人的无限爱恋。对我们来说,要预知死亡的日期,的确是一件很困难的事情,但是死之前的平静和安详却一定是有的。给予衰老疲倦的身体一个安详而长久的休憩之所,让我在人世间得以长眠。我已享受到充裕的爱,这里,将是我最完美的归宿。"

写到这里,我心中无以名状的痛还在,可隐约感觉得到它在渐渐地消退,因为我似乎懂了,懂了一些有关生命和爱的道理。

我们的小乖乖住在了小狗的天堂里,它将是永远快乐的。我们也将会在这个不全令人接受的世界里勇敢并且快乐地继续生活下去。

陪你到最后

◇陈文茜

你躺在那里，无助，鼻、口不断地出血。我将泪水隐藏于镇静的表情背后，与医生谈论你的病情。过去的九年半时间，你总是什么都不要，只渴望我抱你在怀里；但这一刻，你一生唯一的渴望已被搁弃。你喘不过气来，只好伸出长长的泛黑缺氧的舌头。医生说你的肺泡破了，只能借着口呼吸，接着告诉从工作场合赶至医院的我："Smokey的状况很不乐观。"刹那间，我正要哭出来，你却站了起来，像是抗议，像是无言的挣扎。你想证明，再一次向妈妈证明，这一生你已熬过了无数的病痛，这一回你不会真的倒下吗？

你走的那一天，七月十三日。早上还在社区里"追杀"一只讨厌的猫。尽管十天前，你已经被诊断出心脏瓣膜完全脱落，但你仍旧每天神采奕奕，像一头永不屈服的小狮子。九年半前，我和你相遇。当时在一家宠物店里，你歪着头，用乌溜溜天使般的眼睛望着我，店主人说"这只狗天生残障，活不久"，我二话不说买了你，带回家。给著名的兽医看，他先误诊你得了水脑症，活不过两年。我只好每天抱着你，怕你受伤，也怕你痛苦。在我的七只狗里，你最像我的孩子，使我平生第一次领悟当妈妈的滋味。过去我疼爱的狗，半像玩伴，半像亲人。只有你，总在我的怀里，摇着你，唱歌给你听。我不是一个好妈妈，工作太忙。闲的时候，呵护备至；忙的时候，匆忙抱个五六分钟，即出门上班。你后来被诊断仅是耳线不平衡，但为时已晚，那时你已两岁了，脊椎弯曲成S状，成了一只彻底残疾的狗。可是无论我多忙碌，你总是静静地等待我，歪着头，踩着不对等的前腿，守在门口。家里的人把你抱进室内，让你早点儿睡觉，你还是固执地等在门口，等一个不尽责但深爱你的妈妈回家。

七岁时，你又因行动不便走得慢，被家里的工作人员关门时不小心碾断了脚掌。你烧成骨灰后，我看着两年半前早已细碎、断裂的脚盘，Smokey，这后来的两年半，是什么力量支撑着你，每天仍坚持跳上三楼找妈妈，在院子里追鸟、追野猫？正常时你走路总免不了一跛一跛，但每当我喊你的时候，你仍可以用断掌飞奔至我身旁，只渴求我一抱。住温州街时，有次我胃出血住院，救护车把我从竹篱笆门带走。你和"大哥大"、两只小博美望着这一切，从此每天只急着吃饱了饭，一前一后坐在竹篱笆门前等我回家。家里的人告诉我，你们整整等了七天七夜，叫你们进门，也不应。

你走的这几天，我回想你像天使般的点滴过往。我给你的那么少，总是忙碌、来去匆促；你回报我的却那么多。妈妈的世界很大，但你坚忍地死死相守。照顾你的管家助理们总半开玩笑半抱怨："奇怪，每天都是我们在喂它吃饭，带它散步，为什么它知道你才是它的妈妈？"我在家读书时，你坐身旁；我弹琴时，你躺脚下；我上厕所、泡澡，你抓门，也要跟进。小时候，我最常唱《向星星许愿》（When You Wish Upon A Star），每当我轻哼，你就高兴地自个儿躺下换个四脚朝天的姿势。我还曾警告你："Smokey，这不是向星星许愿的好姿势。"你走的那天，我已无法也无心工作。过几天再回去主持广播时，拿起美国歌唱选秀亚军十一岁的洁姬·伊凡可新推出的追梦专辑，头一首收录的歌竟也是 When You Wish Upon A Star。亲爱的宝贝，据说广播的频率可以远远传至天空中，我播着歌，流着泪，如果你已到了天堂，我想向星星许愿，愿它叫醒你，听见我为你播放这首我们最难忘的歌。

抢救你的那一天，有一度你不太流血了，而且站起来撒了一泡尿，我以为奇迹出现了。因为肺积水的人或动物，要能救回命来，最重要的就是得把肺里的水赶紧排掉。我兴奋地问医生，你是否好转了。我高兴得手舞足蹈，竟把手中为你输送氧气的管子拿在半空中，害你差点儿断了气。等医生再测你的心脏，答案很残酷，仍是维持每分钟四十下的微弱心跳，我听了放声大哭。你似乎听到妈妈的哭声，不忍心，以沾满血水的舌头，舔了我的手。Smokey，你不会说话，不能如人一般留下遗言，你想告诉我，放手让你走？还是一如往常，你要坚持到底呢？

救你至深夜，探望你的朋友愈来愈多，梁蕾阿姨、袁自育、赵咏华，中天电视台的同事们。而过去像一部没有颜色的影片，在我们眼前一一走过。你生于2001年约莫9月，这期间养育你的我换了几份工作，搬了两次家，进了政坛，又远离政坛。与你一起活在岛屿上的人们觉得时间翻转了好几个轮盘，只有单纯的你，无须挂念一切名利得失，一生只有一个信念，打败家里其他争宠的狗，然后躺在妈妈怀里，把你本来歪歪的头斜靠在妈妈的胸口。那里，你知道永远有一个爱你的角落。

近深夜了，抢救你的医生一口未进食，试一个疗法无效，再试另一个疗法。我整个人则陷入分裂状态。冷静部分的我，委托朋友们去诚品为你准备后事用的箱子、玩具。另一部分不肯放弃的我，不断地向你喊话："Smokey，记得妈妈永远爱你。"我没说出的是你一生毅力惊人，我渴望奇迹。

十一点二十分，你站起来，便血。我问医生，这代表什么意思？医生告诉我，你心脏衰竭，体内已经有许多组织坏死。虽然离第二剂强心针结束还有二十分钟，我冷静坚决地请求医生，立即让你平静地走，我不要你再吃苦。医生挣扎了一会儿，终于答应我的请求。她拿出大针筒准备结束你的生命时，你原本已下垂疲惫的眼睛，瞬间骨碌碌左右轮转。Smokey，你怨怼妈妈没有让你尝试到最后，还是你想留给妈妈最后最可爱、最像天使、表情最美的回忆？

医师要注射最后的液体，帮助你了结并放下一切挣扎与痛苦。那一刻，我大声告诉你"妈妈永远爱你"，咏华唱着《慈悲的滋味》，小妹在一旁为你祝祷。你睁着眼，眼眶带泪，接着鼻孔涌出大量鲜血。

那一秒，我知道我的天使解脱了，走了。

拔掉你身上讨厌的管子，脱下当天我穿在身上橘红色的新衣包裹着你，抱着你，一路拥着你回家。睡觉前，我对你再唱一回 *When You Wish Upon A Star*，然后才把你置入咏华亲手为你布置的美丽的新床。

清晨，鸟叫了。我打开窗户，窗外云飘着，天很蓝。是的，我与你终生总是向着天空许愿。这一天你要上天堂，老天为你洗涤了

此生拜托了

一个干净的天空,好让我至爱的Smokey找着喜爱的云朵,带着你飞向最想去的地方。

你火化的那天,我带着你,再去一趟最爱的咖啡馆,再走一圈社区的路。近午,我身上橘红的衣服,包着你,火化了。回家已近黄昏,天仍蓝,白云也未散,云朵朵轻柔如我可爱的小天使,唯独一朵泛着如博美毛皮的黄光般的云霞,逗留在我家门前的山头,像一生等候的忠心的伴侣,对我最终的告别。

Smokey,感谢你一生的守候。而我作为妈妈,最终能为你做的,竟只是陪你到最后。

第三章

你与幸福之间,只差一个我

白象

◇丰子恺

　　白象是我家的爱猫,本来是我的次女林先家的爱猫,再本来是段老太太家的爱猫。

　　抗战初,段老太太带了白象逃难到大后方。胜利后,又带了它复员到上海,与我的次女林先及吾婿宋慕法邻居。不知为了什么原因,段老太太把白象和它的独子小白象寄交林先、慕法家,变成了他们的爱猫。我到上海,林先、慕法又把白象寄交我,关在一只无锡面筋的笼里,上火车,带回杭州,住在西湖边上的小屋里,变成了我家的爱猫。

　　白象真是可爱的猫!不但为了它浑身雪白,伟大如象,又为了它的眼睛一黄一蓝,叫作"日月眼"。它从太阳光里走来的时候,瞳孔细得几乎没有,两眼竟像话剧舞台上所装置的两只光色不同的电灯,见者无不惊奇赞叹。收电灯费的人看见了它,几乎忘记拿钞票;查户口的警察看见了它,也暂时不查了。

白象到我家后，慕法、林先常写信来，说段老太太已迁居他处，但常常来他们家访问小白象，目的是探问白象的近况。我的幼女一吟，同情于段老太太的离愁，常常给白象拍照，寄交林先转交段老太太，以慰其相思。同时对于白象，更增爱护。每天一吟读书回家，或她的大姐陈宝教课回家，一坐倒，白象就跳到她们的膝上，老实不客气地睡了。她们不忍拒绝，就坐着不动，向人要茶，要水，要换鞋，要报看。有时工人不在身边，我同老妻就当听差，送茶，送水，送鞋，送报。我们是间接服侍白象。

　　有一天，白象不见了。我们侦骑四出，遍寻不得。正在担忧，它偕同一只斑花猫，悄悄地回来了，大家惊喜。女工秀英说，这是招贤寺里的雄猫，说过笑起来。经过一个短促的休止符，大家都笑起来。原来它是找恋人去了，害得我们急死。

　　此后斑花猫常来，它也常去，大家不以为奇。我觉得白象更可爱了。因为它不像鲁迅先生的猫，恋爱时在屋顶上怪声怪气，吵得他不能读书写稿，而用长竹竿来打。后来它的肚皮渐渐大起来了。两三个月之后，它的肚皮大得特别，竟像一只白象了。我们用一只旧箱子，把盖拿去，作为它的产床。有一天，它临盆了，一胎五子，三只雪白的，两只斑花的。大家称庆，连忙叫男工樟鸿到岳坟去买新鲜鱼来给它调将。女孩子们天天冲克宁奶粉给它吃。

　　小猫日长夜大，两星期之后，都会爬动。白象育儿耐苦得很，日夜躺卧，让五个孩子纠缠。它的身体庞大，在五只小猫看来，好比一个丘陵。它们恣意爬上爬下，好像西湖上的游客爬孤山一样。这光景真是好看！

　　不料有一天，一只小花猫死了。我的幼儿新枚，哭了一场，拿一条美丽牌香烟的匣子，当作棺材，给它成殓，葬在西湖边的草地中。余下的四只,就特别爱惜。我家有七个孩子,三个在外,四个在杭州,他们就把四只小猫分领,各认一只。长女陈宝领了花猫,三女宁馨、幼女一吟、幼儿新枚,各领一只白猫。这就好比乡下人把孩子过房给庙里的菩萨一样,有了"保佑","长命富贵"。大约因为他们不是菩萨,不能保佑,过一会儿,一只小白猫又死了。剩下三只,一花二白,都很健康,看看已能吃鱼吃饭,不必全靠吃奶了。白象的母氏劬劳,也渐渐减省。它不必日夜躺着喂奶,可以随时出去散步,或跳到女孩子们的膝上去睡觉了。女孩子们笑它:"做了母亲还要别人抱?"它不理,管自睡在人家怀里。

有一天,白象不回来吃中饭。"难道又去找恋人了?"大家疑问。等到天黑,终于不回来。秀英当夜到寺里去寻,不见。明天,又不回来。问题严重起来,我就写两张海报:"寻猫:敝处走失日月眼大白猫一只。如有仁人君子觅得送还,奉酬法币十万元。储款以待,决不食言。××路××号谨启。"

过了两天,有邻人来言:"前几天看见一大白猫死在地藏庵与复性书院之间的水沼里,恐怕是你们的。"我们闻耗奔丧,找不到尸体。问地藏庵里的警察,也说不知;又说,大概清道夫取去了。

我们回家,大家沉默志哀,接着就讨论它的死因。有的说是它自己失脚落水,有的说是顽童推它下水,莫衷一是。后来新枚来报告,邻家的孩子曾经看见一只大白猫死在水沼上的大柳树根上。后来被人踢到水沼里。孩子不会说谎,此说大约可靠。且我听说,猫不肯死在家里,自知临命终了,必远行至无人处,然后辞世。故此说更觉可靠。我觉得这点"猫性",颇可赞美。这有壮士风,不愿死户牖下儿女之手中,而情愿战死沙场,马革裹尸。这又有高士风,不愿病死在床上,而情愿遁迹深山,不知所终。总之,白象确已不在"猫间"了!

白象失踪的第二天,林先从上海来杭。一到,先问白象。骤闻噩耗,惊惶失色。因为她原是受了段老太太之托,此番来杭将把白象带回上海,重归旧主的。相差一天,天缘何悭!然而天实为之,谓之何哉。所幸它还有三个遗孤,虽非日月眼,而壮健活泼,足以承继血统。为防损失,特把一匹小花猫寄交我的好友家。其余两匹小白猫,常在我的身边。每逢我架起了脚看报或吃酒的时候,它们爬到我的两只脚上,一高一低,一动一静,别人看见了都要笑。我倒已经习以为常,似觉一坐下来,脚上天生有两只小猫似的。

园子里的流浪猫

◇ 阎连科

冬天到来了。

对于流浪猫和流浪狗，这无异于一段漫长的地狱隧道摆在它们面前。无论它们愿意不愿意，它们都必须从那寒冷黑暗的隧道穿过去。

过去了，迎接它的是第二年春暖花开的温暖。过不去，它的生命就将结束在那寒冷黑暗的隧道内。在北方，冬天暖气供应最好的应数北京城。任何一个办公区域、公共场所和民宅小区内，暖气的充足都可以给流浪动物匀出一片温暖来。可在711号园，因为是公园，属于北京的林业绿化地区，那园子里除了水电外，是没有煤气也没暖气的。

每年的十一月，寒冷到来时，这里的居民就大多如迁徙鸟一样从园里搬走了。搬回他们城里烧着暖气的家，只有少数几户人家在这园里烧着黑煤取暖坚守着。

按计划，我家也要搬回到北五环外的家属区。可那是我二十六年的军旅生涯回报给我的一套房，属军事管理区。部队家属院，对流浪猫狗的管理如同警察对小偷的警惕和城管对无照商贩的厌烦。我不能把那七八只猫带回到那座军营里，又不忍心把它们丢在寒冷无比的园子里，为此专门去找了对猫、狗有宠爱之心的好朋友，希望把猫转移到他们的小区里。结果大家在一起，做了种种商讨和努力，这个把包袱甩给别人的计划还是没有达成，最后我不得不借故去那仅有的留在园里的几户人家聊天和做些闲杂事，弄清他们中间也有两户人家对流浪猫存有同情心，会时不时地去喂那些猫，我便狠心做了一个残酷而错误的决定：在我家避风朝阳前墙下，和我儿子一块儿垒了一排猫窝，并在那猫窝中铺了很多干草和旧衣服，又买了许多猫粮倒在猫窝前，把十几天也喝不完的水放在猫窝边，然后在一天下午，我们一家和那两只狗就狠心离开了711号园。

我的行动计划是，在这年冬天要保证每周一次到这园里来喂猫。

每次喂后还要在院里给它们准备能吃三朝五日的猫粮和饭菜，要给它们准备充足到喝不完的水。一周内，粮尽后的其余两三天，希望那些猫会沿着饥饿给它们的暗示，到那两户对流浪猫也有同情心的居民家里喵喵喵地叫。这个计划简单而烦琐，落实起来没有那么容易和便利。因为从北五环开车到南四环外的711号园，不堵车最少得一个半小时。

那些流浪猫应该原谅我每周六去喂养它们的计划没有百分之百地准时和落实。但我做到了，周六不能去，周日我必定会带更多的猫粮和饭局上的剩鱼剩肉向它们表示内疚和道歉。十一月，我这样去做了。十二月，我也这样去做了。每周的周六和周日，那些猫等着我的到达,像饥饿的孩子等着母亲带着饭食的归来。每次到那儿,它们集体兴奋而饥饿的叫声,如雨点一样砸在我身上,让我的心里有一种不安和内疚,有一种自己抛弃了儿女的罪恶感。于是,我每次会在那儿留下更多的猫粮和饭菜。为了不使我留下的猫食被野狗们掠夺去,我在喂完后都把那些猫粮倒在我家一圈七八个的窗台上,使那些窗台全部成为它们的食品柜。

可是,那年元月的第三个周末下雪了。一尺厚的大雪把所有的公路都封了。那个周末我没有办法去喂那些猫。四天后,公路通车了,四环路上也没有结冰了,我匆匆地开着车、带着猫粮赶到园里我家时,八只猫只有四只在那儿等着我,而大白、三白、小白和大黑却不知去向。我找遍了园子,也问了那两户曾经隔三岔五喂猫的老住户,他们都说没有见过那些猫。这次我把那些猫粮依旧都倒在窗台上,可去给猫换水时,我发现原来的半盆水结成了死冰凌,那发灰的白色冰面上,有猫在极度口渴时,用舌头在冰上舔出的浅浅的圆凹痕。

又过了一个星期,我出差,没有在周六、周日赶回来,而是在下周的周二回来,周三去那儿喂猫。

这一次,花狸和二白也都不在了。我仍然没有在园里找到它们活的身影或者死的尸体。我猜想它们是在等我的绝望中,不得不离开我家,离开园子,沿着寒冷的北京大街开始流浪了。去某个小区为它们匀留的一片温暖的过道或门洞和楼梯下边安家了——可倘若它们找不到那过道和楼梯,也许它们会被一只汽车轮子撞死在路边,或者被路过的一只大脚,不假思索地猛踢一下,于是惨叫一声,飞起又落在哪儿,成为不仅流浪而且残疾的猫。

再或者,它们沿着饥饿的黑暗,想象着一丝肉香的暖亮,溜墙走着走着倒下去,从此就再也没有爬起来,和它们诸多的兄弟姐妹一样,把生命结束在了冬天流浪的路途上。

我不能再把老黄猫和原来一直柴瘦的小黑就这么孤零零地留在我家房檐下。不能以两袋猫粮和半盆冰水就把它们交给-10℃的冬天和我家房檐下那刺骨的寒风。这一天,我做出了一个温暖而狡猾的决定,把它们迎进室内,让它们吃足了猫粮,喝了烧开后的温水,又去买了五大袋猫粮装在一个袋子里,待黄昏之后,天将暗下时,我把老黄猫和小黑一并装入一个纸箱内,抱着箱子,提着猫粮藏在一片林子里,看到那心存善念,也偶尔喂喂流浪猫的一个老退休干部从家里出来时,我把装猫的箱子和那五大袋猫粮,放进他家暖和的客厅慌忙逃走了。

回家时,我一路都开车听着口水歌,哼着小曲,好像自己做了一件充满智慧的大事情。

第二年四月春暖花开时,我们一家人又返回园子里,首先想到的是那些猫。可在那园里找了半天也没有见到猫们在哪儿。失望中准备锁门出去买菜时,却看见穿过寒冬的死亡隧道走来的老黄猫,出现在了我家门口。它骨瘦如柴,连叫声都小得几乎让人听不到,每走一步因为体弱多病,后腿趔趄着像要倒下去。而那伤愁的叫声中,它发黄哀伤的目光,望着我们又要离开的身影,我清晰地看到它的眼圈里流出了浑浊的泪。

这是我第一次见到猫在哀伤时,也会如牛如狗有泪流出来。就是在它的哀鸣和眼泪中,我决定一是先带老黄猫到宠物医院看看病;二是下一年的冬天,我将同它们一起守在寒冷里,同它们一道穿过地狱般寒冷的隧道,去迎接那新一个春天温暖明亮的光。

爱犬颗勒

◇ 严歌苓

颗勒脸上头次出现人的表情，是在它一个月大时看它兄姊死的时候。

这时，颗勒脸上的表情复杂得就像人一样。它喘得很快，尾巴瑟瑟地发抖，眼睛从这人脸上转到那人脸上，好像想记住其中最狰狞的面孔。

颗勒不晓得我们这些刽子手也有温情。"留下它吧，它太小。"有人说。

终于有人去解它脖颈上的绳子了。它腼腆地伸舌头在那只放生的手上舔一下，明白这样做是被允许的，它才热情殷切地舔起来，舔得那手不舍得也不忍心抽回来了。

当我们结束山顶雷达站的演出，两辆行军车路过山腰时，一条老母狗冲出来，拦在路上嗷嗷狂吠。颗勒这时候从装它的皮帽里拱出来，发出了像啼哭那样的"呜呜"声，老狗便听懂了：那五个狗娃被杀死了。

山雾中，老狗的眼由黑变绿，再变红。按颗勒的那只手很快湿了，才晓得狗也有泪。老狗原地站着，身子撑得像个小城门。车拿油门轰它，它四条腿戳进地似的不动。我们觉得颗勒跟我们已有交情，不能对它妈把事做绝。所以，当老狗渐渐向车靠拢，准备接近车厢时，我们没有发出往常会有的"开嘛！轧死活该"的声音，司机把车快速晃过，顺下坡溜了。老狗疯跑着，不过它没追到底，一辆从急弯里闪出的吉普车压扁了它。

颗勒恰在这一刻挣脱了那只手，从皮帽子里蹿出来。它看到的是老狗和路面差不多平坦的身体。它还看到老狗没死的脸和尾巴，从扁平的、死去的身子两端翘起，颤巍巍地目送颗勒随我们的车消失在路根子上。

颗勒这下谁也没了，除了我们。当我们唤它，喂它，它脸上会出现孤儿特有的夸张的感恩。

两个月后，演出队过金沙江，路给雪封没了。天全黑下来，女兵被冻得偷偷地哭。冯队长问司机班长："咋办？"

班长说："离兵站还有二十千米，走路去送口信，等兵站派车来拉，肯定是拉一车死人了。"

"叫颗勒去吧，"小周忽然说，"颗勒跑到兵站只要一个小时！"

颗勒听大家讨论它，站得笔直，尾巴一下下耸动。我们将一只舞鞋及求救信系在它脖子上。小周对它说："颗勒，顺这条路跑！快跑，往死里跑！"

颗勒顺着公路蹿去。雪齐它的胸，它的前肢像破浪一样将雪剪开。当颗勒跑到亮着灯火的兵站时，它叫几声，没人应。大门紧闭着，颗勒开始在严实的铁丝网下刨雪。几乎成功了，可脖子上的舞鞋带却被铁网挂住，任它怎样也挣不脱身。饥饿和寒冷消耗了颗勒一半生命，刚才的疾跑则消耗了另一半，颗勒紧咬牙关，做最后一次挣扎，"哐当"一声，铁丝网上的木桩子被扯倒了，而值班室的灯火一动不动，没人听见颗勒垂死的挣扎和嘶哑的吠叫。

在雪山上的我们把所有的道具箱、乐器箱、服装箱都浇上汽油点燃，冲天大火把二十千米外的道班惊醒。当我们被接下山时，才发现倒掉的木桩和被雪埋没的颗勒。

小周把颗勒揣在自己棉被里，跟它贴着肉。女兵中谁轻声叫"颗勒，颗勒……"叫得我们都抽鼻子。

半夜，小周突然把演出队的卫生员叫醒："给颗勒打一针兴奋剂！"小周见卫生员头一倒又睡着了，忙把他那只大药箱拎跑了。我们女兵都等在门外，马上拥着小周进了特地生了炭火的饭厅。

不知归功于兴奋剂还是小周的体温，早上小周醒来，颗勒正卧在那儿瞪着他。当小周领着它向出早操的我们走来时，我们把操令喊成了："颗勒、颗勒！"

颗勒后来随我们进了城，半年后，它长成一条真正的藏獒，漂亮威风。

夏天，我们院外新盖的小楼变成了幼儿园。常见巨大的司令员专车停在门口，从里面出来个黄毛丫头，五六岁了还让人抱进抱出。那是司令员的孙女蕉蕉。

一天，蕉蕉盯着颗勒："过来！"蕉蕉的神色认真而专横。颗勒不睬。

"过来——哎，狗，你过来！"蕉蕉继续命令。蕉蕉从嘴里抠出那嚼成了粪状的巧克力，托在手心里，朝颗勒递过来。

颗勒两只前爪猛一退，转过脸去。"哎，你吃啊！"蕉蕉伸手抓住颗勒的颈毛，颗勒的脸被揪变了形，眼睛给扯吊起来。我们听见不祥的"呜呜"声从颗勒脏腑深处发出。"放了它！"谁说。"就不！"蕉蕉说。"它会咬你！""敢！"警卫员踮着脚来时已晚了。颗勒甩开那暴虐的小手，同时咬在那甘蔗似的细胳膊上。蕉蕉大叫一声"爷爷"，哭喊声把一条街的人都惊坏了。

司令员大骂着走进大门时，颗勒已被我们喂了四粒安眠药裹在毯子里。

"狗在哪里？"司令员大发雷霆。

我们中的一个人谁壮了胆说："不晓得……"

司令员问："谁把它藏了？"

冯队长笑笑："藏是藏不住的，您想想，那是个活畜生，不动它至少会叫……"

司令员认为冯队长说得有点儿道理，也许他也意识到如此与我们理论下去有失体统，他给了我们三天期限，如果我们不交出颗勒，他就撤冯队长的职，解散演出队。

第三天早晨，冯队长集合全队宣布：中午时分，司令员将派半个警卫班来逮捕颗勒。冯队长装作看不见我们心碎的沉默，装作听不见小周被泪水噎得直喘，布置着屠杀计划："小周，你负责把口嚼子给它套上，再绑住它的爪子……"然后，冯队长脸上出现一丝惨笑，"今天是没门儿！收起你们所有的花招！"

午饭时，小周把他那份菜里的两块肉放进颗勒的食钵，我们都如此做了。颗勒一面吃一面不放心地回头看着发呆的我们。

颗勒不认识小周手上的狗笼头，毫不抗拒地任小周摆布。直到它发现自己的手脚被紧紧缚住时，才意识到它对我们过分信赖了。

它不明白我们为什么要这样对它,将眼睛在我们每一张脸上盯一会儿。

颗勒躺在院子中央,眼睛呆了、冷了,牙齿流出的血沾湿了它一侧的脸。一个下午过去了,警卫团没来人,我们什么也不做,都陪着颗勒。

下午四点多,那个拉粪的大爷来了,见我们和狗的情形,便说:"你们不要它就给我吧。"

我们马上还了阳:"大爷,您带走!马上带走,不然就要给警卫团拉去枪毙了!"

"它是条好狗……"大爷絮叨着,开始给颗勒松绑。可绳子就是解不开。我们几个女兵跑回宿舍找来剪子时,却见五六名全副武装的大兵冲进院子,说是要马上带颗勒去行刑。

冯队长白起眼问他们:"你们早干啥去了?"

小周说:"狗已经是这个大爷的了!"

我们一起叫起来:"怎么能杀人家老百姓的狗!"

大兵上来拉狗,小周挡住他们:"不准动它,它是老百姓的狗……"

我们全嚷道:"对嘛,打老百姓的狗,是犯军纪的……"

班长不理会我们,只管指挥那几个兵逮狗。

颗勒明白它再不逃就完了,它用尽全身气力挣断了最后一圈绳索,站立起来,向门口跑去,闪过一个又一个堵截它的兵。我们的心都跟着。

班长边跑边将冲锋枪扯到胸前:"不准让它跑到街上!开枪!"枪响了。

已跑到门台阶上的颗勒愣住了。它那美丽豪华的尾巴瞬间便泡在血里。它就那样拖着残缺的后半截身体,血淋淋地站立着。我们全都发出颗勒一样的惨叫。

小周白着脸奔过去,他一点儿人的声音都没有了:"你补它一枪!"他扯着班长。

班长说:"老子只有二十发子弹!"小周从一个兵手里抓过枪。颗勒见是小周,黏在血中的尾巴动了动,脸变得十分温驯,它闭上了眼睛……

暹罗猫的一夜

◇林清玄

朋友要出国前夕,坚持要送我一只暹罗猫,我虽然向来对猫没有什么好感,但朋友说:"如果你不领养它,我只好把它捉到市场去放生。"听起来非常不忍心,才决定要收养那只猫。

看到猫的时候,我很为它的娇小而感到吃惊,因为这只猫才出生十五天,而朋友为了安排在台湾的后事,早把它的母亲送人了,只是为了这只小猫吃奶的问题,母猫还一直没有送走。"你一捉走小猫,下午就有人会来把母猫带走。"朋友说。

我不禁惶恐起来,问:"可是这只小猫这么小,没有母亲的奶我怎么喂它呢?"

"去买个婴儿的奶瓶嘛!"朋友恶戏地说,"趁你还没有小孩,用猫来实习做父亲的滋味,我连名字都帮你取好了,叫YOKO!"

"为什么叫YOKO呢?"

"YOKO是日文名字，翻成中文是洋子，前几年被刺而死亡的约翰·列侬的日本老婆就叫大野洋子，老外人人都叫她YOKO，YOKO是个好名字呢！"

我想起来年青时代与朋友一起着迷于披头音乐的景况，那时就对这个列侬身边那个神秘、敏感、充满古典艺术气息又糅合东方现代气质的像猫一样的女人充满好感，忍不住笑了起来，对朋友说："好，我决定收养大野洋子。"

洋子初到我们家的时候，毛还没有完全长全，稀稀疏疏的绒绒的一团，眼睛半睁半闭的，看起来十分弱不禁风，可是行动的快速却令我吃惊，它可以在一眨眼的时间飞奔过整个客厅，除非好意相求，否则无法逮住它。

我去买了一个最小号的奶瓶和奶嘴，回到家时才知道洋子的嘴巴张开到极限也不足以塞进奶嘴，它自己又不会吃，想要向朋友求告，他又刚刚去了美国。眼看洋子饿得乱转乱叫却又无法喂食，真把我急得一夜失眠。清晨点眼药水时灵机一动，就把整瓶眼药水挤光清洗干净，装了牛奶喂食，这下子十分灵光，总算让洋子吃了一顿牛奶大餐，虽然它食量奇小，一回只吃一瓶眼药水的量。

我用眼药水瓶子喂猫的消息很快传开了，一时之间访客络绎不绝，都把洋子看成是我们新收养的女儿，有送奶粉的，有送罐头的，还有的周日接它到家里度周末，而洋子越来越美，又善于撒娇，我的朋友无非是打着如意算盘，等洋子生产以后能分到一只小暹罗猫。

我们确实把洋子当成是女儿一样，特别辟了一个房间给它，里面有一角还铺了沙堆，每日更换沙子，俨然如一间高级套房，夜里还说故事给它听，一有空闲就带它出外散步，遇有较长的旅行也把它带在身边。只除了没有送它上学，现代人对于女儿的关心与疼爱我们大概都做到了。

洋子也不负众望，长得亭亭玉立，苗条修长，线条之文雅、姿势之优良真是罕有其匹，它的毛色也不像其他暹罗猫身上披一团灰气，除了头尾稍带灰色，身上就像浅白的法兰丝绒，令人看了忍不住打心底喜欢。

它愈长大一点儿就愈像个淑女，连叫声都是轻声娇嗔，不像小时候那样大吵大闹地胡来，有时候一天也不说一句话，只是窝在沙发里发呆或者梳理自己光洁的毛发。它吃东西和走路也开始有了讲究，吃东西时一定站得挺直有如淑女吃法国大餐，而且食量很小，很少把碗里的菜都吃完，用餐完毕还会抹抹嘴唇，把碗推到角落里去。走路更是细致，它从不走曲线，一向走的直线，无声无息的，像是顶着书练习走红毯的新娘。

不用说，它小时候随地大小便、哭闹不休、时常抓破椅背、拼死也不肯洗澡、喜欢舐人脚趾的坏习惯是早就改掉了。

太太看洋子变得那样淑女，也有一点儿喜不自胜，逢人便说："我家洋子如何如何……"时常说了半天，对方才知道话题的中心是一只猫，因为她说起洋子的时候，脸上流露着母亲的光辉。有时候她抱起洋子亲了又亲、十分不舍的样子对我说："你应该给你的女儿找个婆家了。"

这话说的也是，洋子再怎么说也是一只纯种的暹罗猫，总该找一只可以和它匹配的公猫，这种事女儿通常不好意思开口，做父亲的只好担起重责大任。我便先从亲戚朋友的名单中找养暹罗猫的家庭，还不时到宠物店里去寻找较好的血统，前前后后一共看了二十几只暹罗猫，最后选中了三只，我选女婿的条件非常简单，就是

一、身家清白；二、无不良嗜好；三、外貌英挺；四、身体健康。其他学历、年龄等不在考虑之列。对方的条件也十分简单，生下来的儿女对半均分，如果是单数则女儿多分一只，如果是独生子就归女方所有。

这三位乘龙快婿于是开始分批住进我们家里来，先来的一只最年轻，夜里从洋子的房间里传来怪叫连连，我对妻子说："好事已经成了，其余两只可要退聘了。"到第二天打开洋子的房门，屋里一团混乱，洋子蹲在墙角气呼呼地看着我，它的夫婿则是一溜烟跑到客厅，我趋前查看，才看到那只公猫的前胸后背都受了伤。这倒使我纳闷起来，不知道发生何事，只好帮公猫敷药送还它的主人，而洋子几天都不说话，我心想处女变成新娘大概都是如此，并未特别注意。但是经过很长时间，洋子都没有怀孕的迹象倒使我着急起来，不得不找来第二个女婿，当夜的情形也和洋子的初夜一样，吵闹不休，第二天这只年纪稍大、颇有经验的公猫也负伤而出。

洋子的肚子仍然没有消息，但它显然开始不安于室了。每天在大门口走来走去，不安地徘徊，不时低声地呜咽。到了夜里更是大声小叫，如婴儿夜啼，再也不肯睡在房间里，每天都在窗户边张望。妻子看了不忍，说："还是放它出去吧，这样也不是办法。"我是坚持不行的，就像严格的父亲不准女儿在外面过夜，我说："如果这一刻放它出去，生了小猫我们一定会后悔的，还是给它找一位门当户对的吧！"当天火速进行，把第三位女婿请来，这个女婿可不是吴下阿蒙，它是宠物店中的种猫，娶过的女子何止千百，宠物店老板还拍胸脯保证百发百中。我看它老成持重的样子也就放了心，当夜让它们同房。

不幸的是，这第三位女婿也是负伤而出。这下子令我大感不解，不敢确知洋子所要的是什么，如果它不肯出嫁，那何至于夜夜在窗口叫春呢？如果它正合适于出嫁，为什么又对我们所挑选的门当户对的女婿不满呢？如果它的搏头奋战是对我的抗议，我是不是应该让步，让它去找自己所要的呢？

不行！我在心里这样呐喊，因为我知道一旦把洋子放出去的结果。它从小就在这样的空间长大，出去不认得路，很可能就沦为街上的野猫，即使认得路回来，一定肚子里要怀着马路上的野种，这是做父亲的不能忍受的事。

于是洋子又在我的禁令之下，在家里吵闹了几个礼拜，我则忙于给它物色新的公猫。这时我稍做让步，除了暹罗猫以外，波斯猫也行，说不定洋子喜欢洋人哩！

有一天回到家里，我惊奇地发现客厅落地窗的纱窗被抓破了一个大洞，而洋子却不见了踪影，很显然它是趁我们不在抓破纱窗，越墙而去。洋子的离家出走，使我们陷进了忧伤的境地中，好像一年来抚养、疼惜它的心神都白费了，也破坏了我们对它未来的妥善的安排。

三天以后，洋子回来了，它蹲在楼梯口，看到我们，深深地把头垂了下来。它全身像在泥巴里打过滚，而且浑身都是抓伤还未愈合的伤口。我只好帮它洗澡疗伤，好像父亲迎接离家归来的女儿，不忍责问它的去处，洋子则除了眼神，一直是默默的，不肯叫一声。

洋子终于怀孕了，我们只有忍痛接受了这个事实。几个月以后它生出了五只小猫，一只是白的，两只花的，两只黑的，而且两只花的也不同，一只有白趾；两只黑的又不同，一只白的尾巴呈灰色。可以说五只小猫长得都不一样，除了身形还有一点儿暹罗猫的遗迹，其他看起来就像街上到处翻垃圾找东西吃的野猫。我们看了以后大失所望，洋子大概也能了解我们这种心情，尽量把它的小孩移到隐秘的地方，有时候一天迁移两次，我们看了也于心不忍，只好承认它和它的孩子，并且开始给它买鱼坐月子。

一直到现在我还是不能明白，洋子为什么不肯接受我们的安排，宁可到街上去找它的对象呢？它是真的喜欢那些街上的野猫吗？还是只是为了抗拒我们所给它的安排？只是小孩子对父母的必然的反叛吗？

它到底在想什么呢？它挣脱着离家出走那一个晚上做了些什么？它的小猫是和什么样的公猫生的？是一只公猫呢，还是几只公猫？怎么小猫的颜色都不一样呢？

这些对我都是永远不能解开的谜题了，但是由于洋子的出走却启示了我的视野，了解到情感是非常微妙的东西，即使小小的一只猫都是争取着情感的自主和自由的吧！那么何况是一个人呢？做父母的人不明白这个道理，所以这个世界将会不断地有类似的悲剧发生。

当我把小猫载到市场放生时，想到我家洋子为了争取情感自由所付出的代价，差点儿激动得落下泪来，因为这五只杂种猫没有人愿意收养，它们日后也将步上父亲流落街头的命运，而洋子在为自己抗争时是未曾想过这些的吧！

洋子比以前更成熟，似乎在这一次的教训里长大了许多，只是这个教训的代价未免太大了！

此生拜托了

小花

◇梁实秋

　　小花子本是野猫，经菁清留养在房门口处，起先是供给一点儿食物、一点儿水，后来给他一只大纸箱作为他的窝，放在楼梯拐角处，终乃给他买了一只孩子用的鹅绒被袋作为铺垫，而且给他设了一个沙盆逐日换除洒扫。从此小花子就在我们门前定居，不再到处晃荡，活像《鸿鸾禧》里的叫花子，喝完豆汁儿之后甩甩袖子连呼："我是不走的了啊，我是不走的了啊！"

　　彼此相安，没有多久。

　　有一天我回家看见菁清抱着小花子在房间里踱来踱去，我惊问："他怎么登堂入室了？"我们本来约定不许他越雷池一步的。

　　"外面风大，冷，你不是说过猫怕冷吗？"

　　我是说过，猫是怕冷。结果让他在室内暖和了一阵，仍然送到户外。看着他在寒风里缩成一团偎在纸箱里，我心里也有些不忍。

　　再过些时，有一天小花子不见了，整天都没回来就食，不知他云游何处去了。一天两天过去,杳无消息。他虽是野猫,我们对他不只有一饭之恩,当然甚是牵挂。每天打开门看看,猫去箱空,辄为黯然。

忽然有一天他回来了。浑身泥污,而且沾有血迹。他的嘴里挂着血淋淋的一块肉似的东西,像是碎裂的牙肉。菁清赶快把他抱起,洗刷一下,在身上有血迹处涂了紫药水,发现他的两颗虎牙没有了,满嘴是血。我们不知他遭遇了什么灾难,落得如此狼狈。菁清取出一个竹笼,把他装了进去,骑车直奔国际猫狗专科病院辜仲良(泰堂)先生处。辜大夫说,他的牙被人敲断了,大量出血,被人塞进几团药棉花,他在身上乱舔所以到处有血迹。于是给他打针防破伤风,注射消炎剂,清洗口腔,取出药棉花,涂药。菁清抱他回来,说:"看他这个样子,今天不要教他在门外睡了吧。"我还有什么话说。于是小花子进了家门,睡在属于黑猫公主的笼子里。黑猫公主关在楼上寝室里。二猫隔离,各不相扰。这是临时处置,我心想过一两天还是要放小花子到门外去的。

但是没想到第二天菁清又有了新发现,她告我说,在她掰开猫嘴涂药时发觉猫的舌头短了一大截,舌尖不见了。大概是牙被敲断时,被人顺手把舌头也剪断了。菁清要我看,我不敢看。我不知道他犯了什么大过,受此酷刑。我这才明白为什么每次喂他吃鱼总是吃得盘里盘外狼藉不堪,原来他既无门牙又缺半截舌头。世界上是有厌猫的人。据说,拿破仑就厌恶猫,"在某次战役中,有个侍从走过拿破仑的卧房时,突然听到这位法国皇帝在呼救。他打开房门一看,拿破仑的衣服才穿到一半,满头大汗,用剑猛刺绣帷,原来他是在追杀一只小猫。"美国的艾森豪总统也恨猫,"在盖次堡家中的电视机旁,备有一支鸟枪打击乌鸦。此外他还下令,周遭若

此生拜托了

出现任何猫,格杀勿论。"英文里有一个专门名词,称厌恶猫者为ailurophobe。我想我们的小花子一定是在外游荡时遇到了一位厌猫者,敲掉门牙剪断舌头还算是便宜了他。

菁清说,这猫太可怜,并且历数他的本质不恶,天性很乖,体态轻盈,毛又细软,但是她就没有明白表示要长期收养他的意思。我也没有明白表示我要改变不许他进门的初衷。事实逐步演变他已成了我们家庭的一员。菁清奉献刷毛挖耳剪指甲全套服务,还不时地把他抱在怀里亲了又亲。我每星期上市买鱼也由七斤变为十斤。煮鱼摘刺喂食的时候,也由准备两盘改为三盘。

"米已熟了,只欠一筛。"最后菁清画龙点睛似的提出了一个话题,"这猫已不像是一只野猫了,似不可再把他当作街头浪子,也不再是小叫花子,我们把'小花子'的名字里的'子'字取消,就叫他'小花'吧。"

我说"好吧"。从此名正言顺,小花子成了小花。

和狗说话

◇［日］川端康成

在镰仓,每年有一次有趣的活动,那就是狗的展览会。说起狗的展览会,大体是这样的:按体形和训练的好坏,决定一等、二等。就像接受程度高深的考试一样,狗的主人也非常认真。

不过镰仓的展览会非常悠闲和有趣。比如,分成"最大的狗""最小的狗""长相最奇特的狗""站立时间最长的狗""给东西暂时不吃,看守的时间最长的狗""叫得最好、时间最长的狗""尾巴摇得最好的狗""会耍什么杂技的狗"……据此决定一等、二等,给予奖赏,所以是一种很有趣的游乐。评选"最大的狗"和"最小的狗"时,评选人都带尺。"最大的狗"之中,波尔佐·格列特·典、皮列奈山的狗都是一等的。"最小的狗"里,基本上日本的特里亚·波美拉尼安种都是一等。"长相最奇特的狗"那就由参观者决定了。发给大家纸,请大家投票。

能够站立,守着东西不吃,这都是极普通的表演项目,前一项的评判标准就是看哪家的狗站立持续的时间长。有的狗能站三分钟，甚至五分钟。守着东西不吃的比赛方法是饲养主到场陪着，十来只大狗排成一列，然后是规规矩矩地坐下。这是"准备"命令。主人把大饼干放在狗的面前，然后立刻解下牵狗绳，退到狗的后面站着。裁判看着表测时间。狗都斜眼瞧着饼干，但是只能守着它，不能吃。

　　时间一长，有的忍不住了，张开大嘴就吃，看热闹的哈哈大笑。这只狗立刻被淘汰，带出行列。一条狗吃了，渐渐地，有忍不住的狗开吃了。不过有的狗训练有素，耐性特好，过了三分钟，过了五分钟，看热闹的人之中就有人说话了："怪可怜的，三十七号的口水都流出来啦！""四十三号扭过脸去看也不看了。"因为参加的狗全是选手，脖子上一概挂号码牌。那四十三号的狗大概想到眼睛不瞧那饼干也无所谓，满不在乎地扭过脸去。这条狗得了二等。它扭过脸瞧别处的时间里，大概把饼干忘了，慢慢腾腾地站起来了。得了一等的狗是最后剩下的一个，它坚决守着不动那饼干，时间太长，甚至影响下一场比赛。

　　"好，已经好啦，决定一等！打破纪录！"裁判这样宣布比赛结果。

　　"叫得好的狗"和"尾巴摇得好的狗"这两项比赛，我让两条特里亚狗参加。"叫得好的狗"比赛方法是让一个人扮演坏蛋，吓唬狗，逗它叫。穿上训练狼狗时加棉花的衣服，被它咬一口也不要紧。敲打着竹筒靠近它，这时它一定叫，有的狗卷起尾巴。我的特里亚不怕坏蛋，但是别的狗叫了它却大为恼火，只对它后边的狗叫个不停，实在不像话。

　　"尾巴摇得好的狗"比赛方法是喊它主人的名字，或者给它看吃的东西,使它摇尾。长尾、短尾、毛蓬蓬的尾,各种各样的尾,摇得十分高兴。摇的形式也多种多样,有摇得挺有趣的,有摇得快的,有摇得慢的,有摇得时间最长的,裁判一直注意看着,然后给分。我那特里亚不论怎么喊它:"卡罗,卡罗,卡罗……"它就是不摇。在家里摇得很好。在这里,参观的人很多,而且来了许多狗,大概因此就怯场了。慢慢腾腾地摇了几摇,便有人喊:"摇啦,摇啦!"裁判也笑了,可它却不摇了。

  下一个节目是"会耍什么杂技的狗"比赛,会耍什么都行。一说"给手",就把左右两个前爪轮流递给你;一说"睡觉",立刻就躺下;一说"跳舞",立刻小跑绕圈子;一说"退着走",立刻就一步步退着走;一说"买东西",立刻叼上一只篮子,如此等等,花样不少。在养主的口琴伴奏之下大唱其歌的狗,得到大家一致的赞赏。它仰头远吠一般的声音拉得悠长而悠远,声音亦高亦低,卑亢起伏,很有味道。

  之后,是一身雪白的德国种丝毛尖嘴狗出场。一个十二三岁的女孩子带着它。

  "它会什么?"裁判这么问。那女孩子说:"说话!"

  "说话?和狗说话吗?真稀奇呀。怎么个说法?"

  那个女孩子蹲在狗的面前说:"阿柯,说话吧。"她这么一说,那老狗就规规矩矩地坐下来,注视着女孩子的面孔。

  "阿柯,喜欢我吗?"

  那狗认认真真地点点头。

  "阿柯,讨厌我吗?"

  阿柯摇了两次头。参观的人无不惊奇,纷纷鼓掌。女孩子很高兴,眼睛也特别有神,她问:"阿柯,散步去吗?"阿柯点了两次头。

"阿柯,你阿柯以为干坏事不要紧吗?"阿柯明确地摇了两次头。参观的人再次鼓掌。

"等一等!"有人这么喊。

这时,从参观的人群中走出一个叫花子一般的老太太来,她面对面地站在狗的前面,用沙哑的声音说:"阿柯,你喜欢我吗?"阿柯深深地点头。

"是啊,是啊。谁都不喜欢我,可是这阿柯却喜欢我。"这老太太非常高兴地问:"阿柯,讨厌我吗?"阿柯摇了两次头。

"啊,是啊。人们都讨厌我,可是阿柯却不讨厌我吗?"

老太太用她那颤抖的手摸着狗头说:"阿柯,我脏吗?"

因为狗的头被老太太用手抚摸着,不能回答。

"阿柯,你因为我脏就以为我会做坏事吗?"这老太太目不转睛地看着狗。阿柯明确地摇摇头。

"阿柯,谢谢。你真聪明。"老太太低一低她那白发的头向那女孩子致意。参观者鸦雀无声。

阿柯获得"会耍什么杂技的狗"一等奖。

我和幸福之间，只差着一只猫

◇［日］村上春树

上大学时，在夜里打工回家的路上，看见一只小猫咪。一喊它，它便一边叫一边跟着走，一路紧追不舍，跟到了家门口。无奈只好给它一点儿吃的。猫咪就在家里住了下来。并没有专门起名字，有一天听广播，说有个人养的猫不久前失踪了，名字叫彼得。于是想："得了，就叫彼得吧。"

彼得就这样生活在我家，长成了一只有点儿凶的小公猫。早晨肚子饿了，它就"啪唧啪唧"地拍打我的脸。不过一人一猫比较投缘，一起生活了好多年。那时跟相处的女孩子交往不顺利，待在学校也没劲，烦心事还真不少。可只要和猫儿一起坐在午后的阳光里，静静地闭上眼睛，时间就会温柔而亲密地流淌过去。

后来，我开了一家店，叫"彼得猫"。一天的工作结束后，夜里，就把猫放在膝盖上，一边啜几口啤酒，一边写起了我的第一篇小说，这至今都是美好的回忆。

此生拜托了

　　我二十岁出头，刚结婚没多久的时候，囊中空空，连一只暖炉都买不起。住在东京近郊一所四下漏风、寒冷彻骨的房子里。一到早晨，厨房里竟会结满冰。我们养了两只猫，睡觉时人和猫紧紧搂在一起取暖。当时，我家成了猫儿们的活动中心，时时有猫儿结队来访，有时候就把它们搂在怀里，两个人和四五只猫儿搂抱着睡在一起。那是一段艰苦的日子，但由人和猫儿拼命酿造出的温情，令人感动。从那以后，我就想写能酿造出温暖的小说。

　　我与安西水丸先生，常常因为书籍的装帧和插画合作。水丸先生是个非常热心的人。大约七年前我盖房子的时候，请他画和室的隔扇外加挂轴，他一口应承："行，我来干。"于是不辞远道赶到我家，亲自动手磨墨，用毛笔画上了漂亮的富士山和鱼。然而，他一个人关在那间屋子里画隔扇时，一只大得像美洲狮的猫儿把他画的鱼当成了真的，冷不防"哇"的一声猛扑上去。水丸先生虽然身负重伤鲜血淋漓，却还是紧握画笔不放，坚持把隔扇画完。

　　这当然是无根无据的谎言。我家那只暹罗猫只是踱过来，兜了一圈，舔了舔爪子而已。水丸先生害怕猫狗，一定把那只暹罗猫看得像美洲狮一般大了。自那以来，我遇到好多人问："听水丸先生说，您家里养了一只非常凶猛的猫，是不是呀？"我养的不过是一只娇小的、好奇心略强的暹罗猫。但听见那痛切悲鸣的邻居们，听说他当时是遭受凶猛的美洲狮袭击，多半也会深信不疑。

　　世上绝大部分的猫我都喜欢，不过生活在这世间的猫儿当中，我最喜欢上了年纪的大母猫。我和那只猫咪一起生活，是在六七岁，刚刚升小学的时候。它的名字叫"缎通"。它有毛茸茸的毛、肥嘟嘟的后脖颈、凉凉的耳朵，喉咙发出"咕噜咕噜"的声音，像夏末的海浪声。

空寂无声的午后,让人想起荒芜已久的空荡荡的澡堂。当猫咪躺在洒满阳光的廊子里睡午觉时,我喜欢在它身边"咕咚"翻身一躺,闭上眼睛,将所有思绪从脑袋里赶出去,嗅着猫毛的气味,感觉自己也变成了猫的一部分。我们从猫咪身上学到,幸福是温暖而柔软的东西。它也许就在身边,不在别处。

击夕的狗

◇ 蔡澜

丁击夕心地善良，聪明透顶，读过很多书，只是母亲的逝世令他消沉了一段时间。

为了打发寂寞的时光，他跟着父亲到处旅行，他们来到了泰国的沙美岛度假。一大早，击夕孤独地望着那空荡荡的游泳池时，忽然，他听到了"呜呜"的叫声。

转头一看，是一只丑陋得不得了的狗，身上满是伤痕，品种不清楚，但饥饿是绝对的。

击夕心一软，拿了昨晚夜宵没吃完的一块面包扔给它，那狗一口吞下。击夕再将剩下的番茄、生菜都丢在地上，狗也吃得一干二净。

从此，这条狗就跟定了击夕——可能是因为它一生中从来没有另一个动物喂过它的缘故。

狗口渴了，舔树干上的露水。一面走一面狂嗅地上的东西，它用爪子扒开一块石头，底下是一群蚂蚁，那只狗像食蚁兽一样伸出舌头，把蚂蚁吃光。

击夕发现它的求生能力极强，它对尘世的依恋，令击夕反省。

但在击夕一不留意间，狗失踪了。击夕到处寻找。

"请问你在找什么？"酒店服务员亲切地询问。

"你……你有没有看见一只狗？"击夕着急地问。

"哦，这种野狗岛上多得是，我们一看到就十几人用一张大网把它们围住，刚才好像又抓了一只。"

"那只狗现在在什么地方？"击夕更急了。

"通常送到警察局去人道毁灭。"

冲出酒店大堂，击夕雇了车子赶到当地警察局。

"嗒嗒嗒嗒"，一阵M6自动来福枪声。击夕到达时看到满地鲜血，地上躺了数条野狗，但是，找不到跟他的那只。

击夕气馁地回到酒店，呆呆地望着空荡荡的游泳池，突然那只狗又出现在他的身边，击夕高兴地一把将它抱住。后来酒店的人才告诉他，这只狗是在运往警察局的半路上逃掉的。

"我可以带它回家吗？"击夕用哀求的目光看着丁雄泉先生。

丁先生看到儿子和狗的神态都一样，微笑着点头。

这一下子可忙得击夕团团乱转了。他们住在阿姆斯特丹，先要为狗买张去荷兰的机票，约400美元。再抱狗到兽医处去，说明来由。当地兽医也很同情他们，把打免疫针的日期提前，写了证明给击夕。海关方面要花不少钱疏通。又依航空规定，定制了一个指定尺寸的铁笼，再折回兽医处打镇静剂——政府法律规定，动物必须打强烈的镇静剂才能登机。

"你知道这一针打下去，它可能会醒不过来。"兽医警告。

到这种地步，已不能回头。击夕的狗，好像为主人做了决定。打针时，它站稳了，吭也不吭一声。

麻烦还未完，曼谷没有直航的飞机到阿姆斯特丹，客人和行李都要在法兰克福转机。抵达法兰克福时，服务人员发现货舱一点儿动静也没有，也听不到狗吠，于是对击夕说："行李舱没有暖气设施，高空过冷，狗可能活不了了。"

击夕大哭大叫，亲自冲进行李舱去看。

铁笼的门已被撬开，原来击夕的狗已经不知道在什么时候逃之夭夭了。

几经奔波才在机尾的餐食部找到它，它吃得饱饱的，昏睡过去了。

击夕再也不肯让它乘飞机，丁先生只好包了一辆车送儿子和狗从法兰克福到家。

荷兰的冬天很长，狗身上的毛已盖住了从前破裂的伤口，也帮它适应了严寒，但它还是不肯从水碟中喝水，每天用舌头舔墙壁上渗透出来的水。

偶尔，在夕阳中，它望着东方，好像是在思念泰国沙美岛的家乡。

见此情景，击夕心里一酸，坐在狗的身边。

击夕的狗，转过头来，嗅嗅主人的颈，似在安慰着他：别担心，我不会离开你。

鲁鲁

◇宗璞

鲁鲁坐在地上,悲凉地叫着。鲁鲁的声音像一把锐利的刀,把这温暖、平滑的春夜剪碎了。

鲁鲁原是一位孤身犹太老人的狗。老人住在村上不远,前天死去了,后事很快办理完毕。只是这矮脚的白狗守住了房子悲哭,不肯离去。房东灵机一动说:"送给范先生养吧。这洋狗只合下江人养。"这小村中习惯地把外省人一律称作下江人。于是它给硬拉到范家,拴在这棵树上,已经三天了。

姐姐还引鲁鲁去见爸爸。她要鲁鲁坐起来,把两只前脚伸在空中拜一拜。"作揖,作揖!"弟弟叫。鲁鲁的情绪尚未恢复到可以玩耍,但它照做了。"它懂中国话!"姐弟俩都很高兴。鲁鲁放下前脚,又主动和爸爸握手。

过了十多天,大家认为鲁鲁可以出门了。它总是出去一会儿就回来,大家都很放心。有一天,鲁鲁出了门,踌躇了一下,忽然往犹太老人原来的住处走。那里锁着门,它便坐在门口叫起来。

鲁鲁在门口蹲了两天两夜。

它得到的谜底是再也见不到老人了。从此鲁鲁正式成为这个家的一员了。

这山村下面的大路是附近几个村赶集的地方,七天两头赶,每次都十分热闹。鸡鱼肉蛋,盆盆罐罐,还有鸟儿猫儿,都有卖的。姐姐来买松毛,那是引火用的,一辫辫编起来的松针,买完了便拉着弟弟的手快走。走着走着,发现鲁鲁不见了。"鲁鲁。"姐姐小声叫。这时听见卖肉的一带许多人又笑又嚷:"白狗耍把戏!来!翻个筋斗!会吧?"他们连忙挤过去,见鲁鲁正坐着作揖,要肉吃。

卖肉人认得姐姐弟弟,笑着说:"这洋狗到范先生家了。"说着顺手割下一块肉,往姐姐篮里塞。村民都很同情这些穷酸教书先生,听说一个个学问不小,可养条狗都没本事。

姐姐怎么也不肯要,拉着弟弟就走。这时鲁鲁从旁猛地一蹿,叼住那块肉,撒开四条短腿,跑了。

"鲁鲁!"姐姐提着装满松毛的大篮子,上气不接下气地追,弟弟也跟着跑。人们一阵哄笑,那是善意的、好玩的哄笑,但听起来并不舒服。等他们跑到家,鲁鲁正把肉摆在面前,坐定了看着。它讨好地迎着姐姐,一脸奉承,分明是要姐姐批准它吃那块肉。姐姐扔了篮子,双手捂着脸,哭了。

弟弟着急地给她递手绢,又跺脚训斥鲁鲁:"你要吃肉,你走吧!上山里去,上别人家去!"鲁鲁也着急地绕着姐姐转,伸出前脚轻轻挠她,用头蹭她,对那块肉没有再看一眼。

姐姐把肉埋在院中树下。后来妈妈还了肉钱,也没有责备鲁鲁。因为事情过去了，责备它是没有用的。鲁鲁却竟渐渐习惯少肉的生活。爸爸说："原来箪食瓢饮，狗也是能做到的。"

　　村边小溪静静地流，不知大江大河里怎样掀着巨浪。终于有一天，日本投降的消息传到这小村，整个小村沸腾了，赛过任何一次赶集。人们以为熬出头了。爸爸把妈妈一下子紧紧抱住，使得另外三名成员都很惊讶。爸爸流着眼泪说："你辛苦了，你太辛苦了！"妈妈"呜呜"地哭起来。爸爸又把姐姐弟弟也揽了过来，四个人抱在一起。鲁鲁连忙也把头往缝隙里贴。这个经历了无数风雨艰辛的亲爱的小家庭，怎么能少得了鲁鲁呢？"回北平去！"弟弟得意地说。姐姐蹲下去抱住鲁鲁的头。

　　上路第二天，姐姐就病了。爸爸说她无福消受这一段风景。她在车上躺着，到旅店也躺着。鲁鲁的不安超过了她任何一次病时。它一刻不离地挤在她脚前，眼光惊恐而凄凉。这使妈妈觉得不吉利，很不高兴。"我们的孩子不至于怎样。你不用担心，鲁鲁。"她把它赶出房门，它就守在门口。弟弟很同情它，向它详细说明情况，说回到北平可以治好姐姐的病，说交通不便，不能带鲁鲁去，自己和姐姐都很伤心；还说唐伯伯是最好的人，一定会和鲁鲁要好。鲁鲁不懂这么多话，但是安静地听着，不时舔舐弟弟的手。

　　T市附近，有一个著名的大瀑布，十里外便听得水声隆隆。车经过这里，人们都下车到观瀑亭上去看。姐姐发着烧，还执意要下车。于是爸爸在左，妈妈在右，鲁鲁在前，弟弟在后，向亭上走去。急遽的水流从几十丈的绝壁跌落下来，在青山翠峦中形成一个小湖，水汽迷蒙，一直飘到观瀑亭上。姐姐觉得那白花花的厚重的半透明的水幔和雷鸣般的轰响仿佛离她很远。她努力想走近些看，但它们越来越远，她什么也看不见了，倚在爸爸肩上晕了过去。

此生拜托了

从此鲁鲁再也没有看见姐姐。没有几天，它就显得憔悴，白毛失去了光泽。唐家的狗饭一律有牛肉，它却嗅嗅便走开，不管弟弟怎样哄劝。

范家人走时，唐伯伯叫人把鲁鲁关在花园里。他们到医院接了姐姐，一直上了飞机。姐姐和弟弟因为不能再见鲁鲁，一起哭了一场。他们听不见鲁鲁在花园里发出的嘶哑了的、变了调的叫声，他们看不见鲁鲁因为一次又一次想挣脱绳索，磨掉了毛的脖子。他们飞得高高的，遗落了儿时的伙伴。

鲁鲁发疯似的寻找主人，时间持续得这样久，以致唐伯伯以为它真要疯了。唐伯伯总是试着和它握手，同情地、客气地说："请你住在我家，这不是已经说好了吗，鲁鲁？"

鲁鲁终于渐渐平静下来。有一天，又不见了。过了半年，大家以为它早已离开这世界，它竟又回到唐家。它瘦多了，完全变成一只灰狗，身上好几处没有了毛，露出粉红的皮肤；颈上的皮项圈不见了，替代物是原来那一省的狗牌。可见它曾回去，又一次去寻找谜底。若是鲁鲁会写字，大概会写出它怎样戴露披霜，跋山涉水；怎样被打被拴，而每一次都能逃走，继续它千里迢迢的旅程；怎样重见到小山上的古庙，却寻不到原住在那里的主人。也许它什么也写不出，因为它并不注意外界的凄楚，它只是要去解开内心的一个谜。

唐家人久闻鲁鲁的事迹，却不知它有观赏瀑布的癖好。它常常跑出城去，坐在大瀑布前，久久地望着那跌宕跳荡、白帐幔似的落水，发出悲凉的、撞人心弦的哀号。

我家有只小灵龟

◇赵忠祥

我从来没打算过养一只乌龟,但是这只小乌龟在我们家已经待了八年。

我的邻居也是我的同学郎占岭,从外地采访回来时,带了两只乌龟,他专门到我家要我挑上一只。我实在是盛情难却,就留下龟背上有个缺损的那一只。这是一种最最普通的乌龟,我把它放在下水道的水池中,算是也让它有个栖居之地。

我实在不知道该给它吃点儿什么,才顺它的口味,它也因长途颠簸不适应这个新地址,而怯生生地待在水池的一角。

过了两个月,我们在厨房做饭时,顺便给它几粒米饭和一些切碎的冬瓜片,咦,它居然慢吞吞地伸长脖子吃了起来。行,能养活了,后来我发现它最爱吃的是虾,每当我们炒虾的时候,一定先剥几只小虾喂它。

水池子是涮拖布的地方。夏天,就让它一直待在池子里,连涮拖布稍带也算给它洗个澡,到了冬天,它长时间入睡,加上水又凉不忍心冲它,怎么办呢?只得把它请出来,放在厨房中间地上,关上房门,以防万一醒来乱爬。没过多久,一开房门,发现它不见了,我们就沿着各处犄角旮旯去找,发现它缩在碗橱下,一动不动。第二天再一看,又不在那儿了,挪了地儿,缩在了一口锅后面。也许是暖气屋子气温高又干燥,差不多隔二十多天这只小乌龟就爬出来,刚开始还以为它醒了,想转悠转悠,因为怕它到处爬,就又把它放回水池子。在湿地上,小乌龟伸着脖子吸吮运气。我们这才明白,它渴了,就把它放到洗碗水池中,少许放点儿水。只见这只小乌龟五体投地,伸长四脚,伸长脖子,紧贴在水池底,头就浸在水里,来个定格,一动不动,那神态仿佛是舒服极了。

就这样天一热它爬出来,就请君入池,吃上几个月东西;天一凉,我们又把它放到地上,任它选择一个角落去冬眠。

这样养了三年,发现它背上的壳有了光泽,每当入冬拿起它来,就会看到胸与背的连接处有了一圈嫩黄,我们非常高兴,它又长了一圈,背上的缺损也在弥合。

有一天,妻子问我,为什么在冬天它醒来的时候,要是有人在厨房它总往人脚边爬呢?是呀,有一次我下厨炒菜,一挪脚步硌了我一下,一惊之下,笑了,原来踩着了小乌龟,于是赶紧把它放进水池,放上水,它就伸长了脖子,伸长四肢伏在池底,眯上眼又进入了极度舒适之中。

小乌龟在我们家住了五六年后,好像跟我们认识了。夏天,只要我们一进厨房,第一眼就会看到它,伸长脖子向我们爬过来,紧接着就后脚支撑前脚向上爬,再就是"咚"的一声摔个四脚朝天,一骨碌又翻过身,再往上爬,再摔个跟头,再起来,再爬,除非你喂它，要不它就跟你这么练。

近两年来，更有意思。夏天，它吃得胖乎乎的肉都撑出了龟壳；到了冬天，仍隔一段时间，出来一回。别的时候出来不算奇怪，怪的是，每逢大年三十和正月十五，它都出来一回，莫非是给我们拜年，或是这两个日子四下格外热闹，暖气也尤其足，惊醒了它的美梦？总而言之，我们越来越觉得无意收养的这只小乌龟，已不是刚到我家的那个小丑家伙，它越来越有灵性，越来越跟我们亲如家人。

千年王八万年龟。

我有时遐想，如果它真的很长寿，那么，我的儿子，我的儿子的儿子，我的儿子的儿子的儿子，一定会善待它。如果它越来越有灵气，有朝一天，它会对我的后代说，我见过你们的曾祖父的曾祖父。

啊，我不知道，几百年后世界会是什么样子，但我相信只要没个三长两短，我家这只灵龟会活到那个时候，只不过它对屋外发生的任何变化，不感兴趣罢了。

告别白鸽

◇陈忠实

夕阳绚烂的光线投射过来,老白鸽和幼白鸽的羽毛红光闪耀。

我扬起双手,拍出很响的掌声,激发它们飞翔。两只老白鸽先后起飞。小白鸽飞起来又落下去,似乎对自己能否翱翔蓝天缺乏自信,也许是第一次飞翔的胆怯。两只老白鸽就绕着房子飞过来旋过去,无疑是在鼓励它们的儿女勇敢地起飞。果然,两只小白鸽起飞了,跟着它们的父母彻底离开了屋脊,转眼就看不见了。

我走出屋院站在街道上,树木笼罩的村巷依然遮挡视线,我就走向村庄背靠的原坡,树木和房舍都在我眼底了。我的白鸽正从东边飞翔过来,沐浴着晚霞的橘红。沿着河水流动的方向,翼下是蜿蜒着的河流,如烟如带的杨柳,正在吐絮扬花的麦田。四只白鸽突然折转方向,向北飞去,两代白鸽掠过气象万千的那一道道山岭,又折回来了,掠过河川,从我的头顶飞过,直飞上白鹿原顶更为开阔的天空。原坡是绿的,梯田和荒沟有麦子和青草覆盖,这是我的家园一年四季中最迷人最令我陶醉的季节，而今又有我养的四只白鸽在山原河川上空飞翔，这一刻，世界对我来说就是白鸽。

这一夜我失眠了，脑海里总是有两只白色的精灵在飞翔，早晨也就起来晚了。我猛然发现，屋脊上只有一双幼鸽。老白鸽呢？我不由得瞅瞄天空，不见踪迹，便想到它们大约是捕虫采食去了。直到乡村的早饭已过，仍然不见老白鸽回归，我的心里竟然是惶惶不安。这当儿，舅父走进门来了。"老白鸽回老家了，天刚明时。"

我大为惊讶。昨天傍晚，老白鸽领着儿女初试翅膀飞上蓝天，今日一早就飞回老舅家去了。这就是说，在它们来到我家产卵孵蛋哺育幼鸽的整整两个多月里，始终也没有忘记老家故巢，或者说整个两个多月孵化哺育幼鸽的行为本身就是为了回归。

留下来的这两只白鸽的籍贯和出生地与我完全一致，我的家园也是它们的家园；它们更亲昵地甚至是随意地落到我的肩头和手臂，不单是为着抢啄玉米粒儿；我扬手发出手势，它们便心领神会从屋脊上起飞，做出种种酣畅淋漓的飞行姿态。

直到惨烈的那一瞬，至今依然感到手中的这支笔都在颤抖。那是秋天的一个夕阳灿烂的傍晚，我的白鸽从河川上空飞过来，转过一个大弯儿，贴着古原的北坡绕向东来。两只白鸽先后停止了扇动着的翅膀，做出一种平行滑动的姿态，恰如两张洁白的纸页飘悠在蓝天上。正当我忘情于最轻松最舒悦的欣赏之中，一只黑色的幽灵从原坡的哪个角落里斜冲过来，直扑白鸽。白鸽惊慌失措地启动翅膀重新疾飞，然而晚了，那只飞在前头的白鸽被黑色幽灵俘掠而去。我眼睁睁地瞅着头顶天空所骤然爆发的侵略者和被屠杀者的搏杀……。当我再次眺望天空，唯见两根白色的羽毛飘然而落，我在坡地草丛中捡起，羽毛的根子上带着血痕，有一缕血腥气味。

侵略者是鹞子,一种形体不大却十分凶残暴戾的鸟。

屋脊上现在只有一只形单影孤的白鸽。无论我怎样抛撒玉米粒儿,它都不像往昔那样落到我肩上来。它是那只雌鸽,被鹞子残杀的是雄鸽。它们是兄妹也是夫妻,它的悲伤和孤清就是双重的了。

过了好多日子,白鸽终于跳落到我的肩头,我的心头竟然一热,立即想到它终于接受了那惨烈的一幕,也接受了痛苦的现实而终于平静了。然而正是这一刻,我决定把它送给邻家一位同样喜欢鸽子的贤,他养着一大群杂色信鸽,却没有白鸽。让我的白鸽和他那一群鸽子合帮结伙,可能更有利生存;再者,我实在不忍心看见它在屋脊上的那种孤单。

它还比较快地与那一群杂色鸽子合群了。贤有一天告诉我,那只白鸽孵出了两只白底黑斑的幼鸽。我出了一趟远门回来,贤告诉我,那只白鸽丢失了。我立即想到它可能又被鹞子抓去了。贤提出来把那对杂交的白底黑斑的鸽子送我。我谢绝了。

这一天,窗外传来了"咕咕咕"的鸽子的叫声,我摔下笔,直奔后院。在那根久置未用的木头上,卧着一只白鸽。是我的白鸽。

我走过去,它一动不动。我提起它来,它的一条腿受伤了,是用细绳子勒伤了的。残留的那段旧细绳深深地陷进肿胀的流着脓血的腿杆里,我的心里抽搐起来。我找到剪刀剪断了绳子,发觉那条腿实际已经勒断了,只有一缕尚未腐烂的皮连接着。它的羽毛变成灰黄,头上粘着污黑的垢甲,腹部粘结着干涸的鸽粪,翅膀上黑一坨灰一坨,整个儿污脏得难以让人握在手心了。

我为它洗澡,把由脏手弄到它羽毛上的脏洗濯干净,又给它的腿伤敷了消炎药膏,盼它伤愈,盼它重新发出羽毛的白色。然而它死了,在第二天早晨,在它出生的后墙上的那只纸箱里……

爱听二人转的狗

◇鲍尔吉·原野

人出国后,先怀念祖国的不是心,而是肚子。胃,或称消化系统,在激烈排斥外番饮食的同时,怀念着小葱拌豆腐、打卤面、粉条头萝卜丝炸素丸子和黄瓜拉皮。

在西伯利亚,我的胃从早到晚想吃的,腹腔像开进消防车,彼此呼叫。吃不到,胃改为回忆绿茶的滋味。我按照胃的指示喝绿茶,但宾馆的电源是三相插座,我的小电壶为两相。我想起,阿巴干广场有干活儿的中国人,找他们去。

来到广场,见到一个中国人,一说就明白,两相转三相的电源插头。他说:"送给你了,到工棚取。"

他姓李,吉林扶余人。

工棚里住着几十号中国人,走进工棚,一只半大的狗从铺下蹿出来,朝我吠。

"福贵,喊什么玩意儿!中国人。"

狗接着吠。老李让我跟它说中国话，狠点儿，要不它叫起来没完。

我本来就怕狗，大喝一声："闭嘴，滚一边儿去！"狗收声，变得唯唯诺诺，用讨好的目光端视我。

"它叫福贵？"

"对。它是张福田从国内偷着带来的。我们是坐汽车来的。刚来时它还小，塞在一个地方就入境了。张福田提前回国，把它留在了这儿。"老李把插头给我，"这只狗可不一般，比我还爱国呢。人家要是说俄语，它满地乱转，表示闹心；一听中国话，它就老实了。邪门儿不？"

老李打开电视机，俄主持人正在说话。福贵低头咬自己的尾巴，咬雨鞋，"呜呜"哀鸣。电视机一关，它就好了。

"它喜欢二人转。"老李从破碟片里找出一张，放进DVD（数字激光视盘）里。画面上，描红抹绿的男女演员打情骂俏，福贵看得目不转睛。

老李说："福贵，鼓掌。"它立身抖前爪，意为鼓掌。

老李说："它太爱国，爱家乡人。我给你演练一下。我说人名，它立刻模仿——赵本山！"

福贵慢步走，左看一下，右看一下，如赵本山表演收电费的。

"高秀敏！"

狗乱颤头。

"表示高秀敏能说——潘长江！"

福贵缩头。

"表示个矮。这些人它都认识，粉丝狗。对了——"老李在铺下摸出一个盒子，打开，露出一枚铜质奖章，"这是福贵的奖章，阿巴干市政厅颁发的。前年，我们住在一栋破楼里，半夜起火。人撤出来之后，一个俄罗斯妇女说孩子还在屋里，才两个月大。楼快烧塌了，警察不让进。张福田让福贵进去救小孩儿。福贵钻进火里，用牙咬着小孩儿的衣领子，把他拖出来了。"

"福贵！"老李把奖章戴在它的脖子上，"立正。"

福贵立身，胸前奖章丁零当啷，眼神无所适从。

老李说："你知道它为什么讨好你不？它想让你带它回国，不在这儿待了。这只狗对三个词最敏感：中国、扶余、二人转。"

老李又对福贵说："他带你回中国。"

福贵兴奋地"汪汪"叫，咽唾沫。

"带你回扶余，看二人转。"

福贵高兴地晃尾巴。

"福贵，给他作揖。"

福贵站起来给我作揖。我用手接应，差点儿没给它回一个揖。

"月底我们回国了，阿巴干九月份上冻，福贵就得扔在这儿。海关不让带毛的玩意儿出境，怎么整？"老李抱着膝盖叹气。

我该走了。福贵迈着碎步跟着，眼睛仰视着我，眉头有几根毫毛长长地探出来，很认真，很庄重，像是在说："带我走吧！"到了门口，它咬住我的鞋带不松口。

福贵像我的胃，时时刻刻想回家，恐怕它是永远回不去了。

第四章 我就是颜色不一样的烟火

因为白骆驼知道

◇刘继荣

我到鸣沙山时,最热闹的时候已经过去。游人渐散,阳光渐淡,只余静默的山与山的影子。

牵骆驼的是个清瘦的男孩:月白衬衫,脸黝黑,眼神羞涩,正是十七八岁的年纪,像一株青叶青穗的高粱。

看看我的票,他眼睛里笑意一闪,指给我看那匹伏着的白骆驼。第一眼,我便爱上了这秀气的小家伙。长长的睫毛,双眼皮,大眼睛,如贪玩的小仙子,目光里有隐隐的淘气。

一时间,我竟不舍得骑到它背上。忽然,后面的小女孩扑过来,欢天喜地地抱住了白骆驼的脖子,再也不肯松手。女孩的妈妈,牵骆驼的男孩,都笑了。我也笑,谁忍心同玲兰这样皎洁的孩子争呢?

于是,我换乘了女孩的黄骆驼。它高大健壮,温驯安静,每一步都走得稳稳当当,我几乎不用握鞍上的扶手。坐在它背上,听着清脆的驼铃，心如静沙般稳妥。难怪男孩会让它做领队呢。

而那匹小白骆驼，驮着神气的玲兰公主，紧紧贴在我身后。它果然活泼，一会儿也不肯安分下来。再加上小姑娘手舞足蹈地喊着"驾！驾！"它越发心急，动不动就想越过我去。

好几次，它将嘴伸到了我的脚边，好奇地嗅啊嗅的。我的登山鞋套是绿色的，莫非小家伙饿了，错认为那是一蓬可口的嫩草吗？

玲兰公主心花怒放，笑得前仰后合。她脆生生叫道："骆驼哥哥，为什么不让小白当排头呢？"男孩脸红了，紧张地嘱咐她坐好。他认真地解释道："小白第一天上路，路不熟，又淘气……"玲兰公主抗议了，说："小白最聪明，可以当排头，你看，你再说它就要生气了！"

适逢一段下坡路，不知道谁喊了一嗓子："大漠的落日下，那吹箫的人是谁……"立刻有人接上来："荒凉的古堡中，谁在反弹着琵琶……"顿时，驼队所有的人都加入了，将一首本是荒凉婉转的歌，吼得欢天喜地。后面鼻息咻咻的小白更加兴奋起来。

前方有人大叫："嘿嘿，看过来了，看过来了！摆个最酷的姿势，照相啦！"

我笑了，冲着拿相机的人扭头、扮鬼脸、两臂做飞天状。牵骆驼的男孩急了，高声叫大家不要把两只手都松开。

忽然，骆驼的身子猛地倾斜了一下。我赶紧抓牢扶手，却听得后面传来惊叫。一回头，玲兰公主连人带骆驼都摔倒在沙梁上。男孩立即冲上去，扶起小女孩和骆驼。

女孩妈妈挥舞着手臂尖声叫着，男孩抱着哭泣的小玲兰，惊惶得不知所措。忽然，那个照相的跑过来，气喘吁吁地说："我看得清清楚楚，是你家小姑娘又摇又晃，把骆驼弄倒了！"妈妈疑惑地看着女儿,小女孩满脸的泪,抽噎着点头。

那照相的越发理直气壮:"看看!你姑娘自己都承认了,不能赖骆驼!"女孩的妈妈忙着给老公打电话,男孩小心翼翼地把女孩抱过去,让她们母女合乘一匹。小白骆驼不再撒欢,低着头,一步一步,怯生生地跟在最后边。

驼队刚到月牙泉,一个面色铁青的中年男人冲过来,对男孩叫道:"我女儿究竟是怎么摔倒的?"那照相的赶紧跑过来,比画着解说事情的原委,小女孩也承认是自己的错。父亲见女儿无碍,脸色慢慢好转。

那清瘦男孩静默半晌,突然开口:"是小白调皮,不好好走,陷到旁边的沙窝里了。"父亲的脸倏地一变,逼视着那个照相的。

照相的怒道:"你走在前面,难道脚后跟长了眼?"男孩争辩道:"我刚好回头,我一直担心小白会出事。"

照相的忽然发怒,抄起沙窝里的一根棍子,疯了似的去打白骆驼。白骆驼静静地垂着头,一动不动,仿佛也知道自己犯了错。小女孩惊叫,男孩扑过来,挡在骆驼前面,硬生生地挨了一棍。

这时,景点负责人也来了,要大家一起去办公室商谈。我站在山顶,俯视着清澈的月牙泉,心里却一直牵挂着那男孩,还有那匹惹人怜爱的小白骆驼。

下山时已是黄昏,凉风拂面,炊烟袅袅。我忽然看见男孩牵着小白,走在空旷的沙滩上。我问他事情是怎么处理的,他说陪小女孩去医院做了检查,没有受伤,他们一家回宾馆了。

只是,他以后不能来这里牵骆驼了;还有,小白也不能来了。

我又问:"那个照相的怎么那么凶?"他一笑,露出洁白的牙齿:"那是我哥,他一直在替我攒学费,最怕我和小白被景点辞掉。本想等小白长大一些再带它来的，可哥心急，说我明年就要上大学了，等钱用。"

他爱怜地抚摸着白骆驼，像抚摸一个受了委屈的孩子。小白细长的腿，轻轻战栗着，长长的睫毛垂下来，眼睛如清澈的月牙泉。

我忍不住问："既然那女孩都认了，你为什么还一定要说是小白的错？"

风越发凉，沙粒私语。男孩忽然改用本地方言，轻声说："小白从出生起就跟着我，它虽不会说话，可心里什么都清楚。如果我说谎，它会难过的。"

城市的霓虹灯已开始闪烁，那一人一驼，拖着长长的影子，踏着沙，慢慢向炊烟升起的月牙村走。

我相信，那匹白骆驼一定听懂了男孩的话。

不吃肉

◇吉木狼格

我记忆中的第一条狗,是季哥养的那条狼狗。

季哥是知青,来自省会成都,他和另外十几个知青住在乡政府专门为他们修建的平房里,那是一幢很长的平房,像一列火车。我读小学一年级时,每天上学都要从那里经过,自然,放学也要从那里经过,这倒不因为它是必经之路,从我家到学校有一条更近的路,我每天绕道而行,就为了看看季哥的那条狗。

季哥的狗只忠于季哥,这一点我懂,何强也懂,他好像什么都懂,我和他同年,我家的门和他家的门正好对着,中间隔一条三四米宽的小巷。我家这边是政府的房子,与知青住的一样,也是一幢很长的盖瓦的平房,而对面是农民的草房,一家挨着一家,我感觉那些厚厚的茅草和厚厚的土墙比起瓦房来要结实暖和得多。

何强家除了他,都是大人,爸爸妈妈哥哥姐姐,连最小的姐姐也能帮助大人操持家务了。但何强到了上学的年龄,却没有上学。

有时我在课堂上开小差,老想何强在干什么。大人劳动去了,小孩都在学校,他呢?也许正在我们早已熟悉的地方乱窜,时不时发现一些新玩意儿。只要不在学校、不去看季哥的狗,我们都在一块儿玩。

我无意中发现,何强睡觉前总爱偷听大人们说话。

我不知道季哥是用什么把他的狗养得如此高大肥壮,这家伙可比我大得多。而何强煞有介事地说:"狼狗都这样。"

此外,季哥的狗无论站着或躺下,总是显得那么高傲,高傲得都不想咬人,更不想咬狗,尤其是本地那种体形比它小的土狗。这种现象我没有告诉何强,我怕他又说:"狼狗都这样。"

但附近的人和狗还是不敢到这一带来转悠。

我敢说季哥的狗不咬我,绝不是因为高傲、对我不屑一顾,看得出它喜欢我,正如我喜欢它。只是我和它谁也不属于谁,平辈论交,以朋友相处,季哥才是它的主人。而季哥说:"我们都是朋友。"

季哥说的我们,是指我和他,以及他的狗。

每天一放学我就朝那幢平房跑去,去找我的朋友。虽然我觉得这有点儿怪,一个七岁的小孩就有了知交朋友,而且一个是大人,一个是狼狗。怪虽怪,我还是愿意和他们待在一起。

季哥是个喜欢养东西的人,他不仅养了这条狗,还养了许多鸽子。他在鸽子身上安装了鸽哨,只要它们一飞,天空就会响起悦耳的声音。季哥爱看鸽子,我也跟着他看,他坐在一边,我坐在另一边,狗趴在我们中间。我们可以很长时间不说一句话,就这样看着那些鸽子时而从天上飞下来,时而又飞到天上去,直到我妈扯着嗓子喊我回家吃饭了,我才饥肠辘辘又恋恋不舍地离去。

一天,我家吃肉,我偷偷把一根没剔肉的大骨头带到季哥那儿,准备给他的狗吃。季哥正在喝酒,他指着我严肃地说:"不要拿东西给它吃。"

老实说我不明白这是为什么,但我没有问他。他说得那么认真,肯定是有道理的,我不想让他觉得我连这点都不懂。在季哥面前,我尽量模仿何强,一副什么都懂的样子。

"记住,"季哥说,"这一点很重要。"

他喝了一口酒看着我,而我正拿着那根骨头,他的狗和他一样,也看着我,却没有看骨头一眼。

"把骨头放到它的碗里吧,"季哥说,"下不为例。"

季哥对我网开一面,使我很感动。

"好的,"我说,"我记住了。"

有几次,趁季哥不在,我想带他的狗上山去玩,每次走出去不远,它便停下来看着我,它不会说话,但告诉了我它的意思——我只能到这里,你自己去玩吧。等我走远了,它才转身回去。我估计它对山上不感兴趣,这不像后来的一条狗,那是一条纯粹的撵山狗,它活着就是要人带它上山,而一上山,它就变得敏锐和警觉起来。

季哥突然得了重病,人们用担架把他抬到公路上,由县医院的救护车送他去成都抢救。那天跟平常一样,我放了学跑过去,没有看见季哥,也没有看见季哥的狗。隔壁的知青告诉我,季哥被救护车送走了。

"狗呢?"我问。

"在公路上。"他说。

在公路上,这是什么意思?隔壁的知青摇着头,好像说你去看了就知道了。

我当然要去,再远我都要去,我想看看它为什么在公路上。

我赶到的时候,已经有很多人站在公路边。我看见季哥的狗正在公路上奔跑,它跑得很快,在大约两千米的路上来回地奔跑。我感到不可思议,从它身上传出的某种信号,让我不敢靠近它。

站在路边的人逐渐散去,而它还在公路上焦急地奔跑着。

我妈找到我时,天已经黑了。这次她没有骂我,甚至也没有生气,等我吃完饭,她说:

"快睡吧,明天要上学。"

接连几天,我妈都到学校来接我,她是怕我又去看季哥的狗。

那几天,所有的人都在谈论季哥的狗,传递着来自公路的消息。从季哥被送上车的那一刻起,他的狗便不吃不喝,一刻不停地在公路上奔跑。有人把肉煮熟后,一片一片地铺在公路上,可它毫不理睬,继续在铺着肉的公路上奔跑。

那时肉很少,反正我家难得吃一次,何强家就更不用说了,十天半月吃不到一次。发现我家吃肉,何强就一脸不高兴,甚至不跟我说话,直到他家也吃了肉,他才理我。

到星期六,算一算我已经有五天没见到季哥的狗了,我决定无论如何今天都要去看它。好在放学的时候我妈没来,也许她还没到,我背上书包赶紧朝公路跑去。

我简直不敢相信那是季哥的狗。我看见的是一条瘦骨嶙峋、毛皮杂乱的狗。明显地,它跑得慢了。

当它朝我站着的方向跑来时,我冲上去抱着它的脖子,并把它的头使劲往下按,我说:"嘿——你吃呀……"

公路上还铺着看上去仍然新鲜的肉。

它由我抱着,两眼通红,我感觉它很虚弱,但它始终昂着头。一位老奶奶坐在公路边的土包上,她弯曲着腿,两只干瘪的手放在膝盖上,我看见她在哭。

但何强坚持说是我在哭,那天他家吃了肉,满嘴的油气真让人恶心。

我妈又找到了我,当我们走上山坡,我回过头,最后看一眼季哥的狗,而它还在公路上绝望地奔跑着。

季哥的狗终于死了,被埋在公路边。何强说:"它一直在等它的主人,理当埋在公路边。"

何强的表情像大人一样,流露出些许伤感。

我不想对季哥的狗、对它的死说什么,世界上的狗都忠于主人,包括狼狗,这没什么可说的。我只是想不通,它为什么不吃肉?很长一段时间,我躺下来,眼前就会出现它在铺着肉的公路上奔跑的情景。我多次设想,假如它停下来吃了那些肉,坚持到季哥回来……我承认,那时我还小,很多事情是我无法想通的。

学校放假后,我和何强经常去公路边玩,我们围着坟墓捉迷藏、打泥仗,玩得很开心。假期快结束的前几天,季哥回来了,关于他的狗,我想别人已经告诉了他,可他就想听我说。那几天都这样,我们坐在他的屋里,他一边喝酒,一边问我。我知道他想流眼泪,但不想流鼻涕,因为他只擦鼻涕,不擦眼泪。

季哥问:"它一片都没有吃吗?"

我说:"是,它一片都没有吃。"

季哥又开始擦鼻涕,任由眼泪流着。

开学那天,我背上书包出门,没有绕道,直接去了学校。

臭蛋儿爱看热闹

◇Dante

臭蛋儿是我见过的最爱看热闹的兔,话又说回来,它是我唯一的兔,我也没有别的兔子可以比较。

就拿今天来说吧。我一早起来决定把这几年旅行收集的票据和卡片整理整理。没一会儿,臭蛋儿就发觉今天不同于往日,颠颠地跑过来,在我脚前面站起身,仰着脑袋使劲往我手头张望。见我没工夫理它,看了一分钟就跑了;隔不了多久又回来,我怕它是饿了,猜忌我背着它吃东西,于是我给它抓了一大把燕麦片撒到食盒子里。它跑去吃,谁想没吃几口还是火急火燎地跑回来,巡视我手头的活计。

直到我收拾完坐下,它像忽然松了劲儿似的一下扑倒在地,四肢匍匐,双脚放松。似乎揪了大半天的心总算放了下来,一切好歹在它的斡旋下回到正轨。

臭蛋儿最喜欢家里收快递或者整理屋子,东西往地上一摊,它四肢挠着地,呼哧带喘地就奔来了,一副"差点儿就落空了"的后怕模样,前脚伸进东西堆里一通胡噜,别人要收拾,它还得用毛烘烘的身子挡着,那意思像在说,别给我弄乱了啊你们。然后每样东西挨个用下巴蹭一遍,它的下巴里藏着香腺,蹭过,等于签上"都是我臭蛋儿的"这行大字。

它爸我先生刚来我家的时候,被臭蛋儿视为窃取自己资产的头号嫌疑犯,天天看着,他走到哪儿,它跟到哪儿。他加班,它就不远不近地趴着,头冲着他,一趴趴到后半夜。

我一直好奇臭蛋儿是怎样认识"空间"这个概念的。按照我的理解,它觉得这个世界就是它的家,区别只是让它进去的房间和不让它进去的房间。我家大门背后,就是不让它进去的房间。为此拼了也要去。平时我们一出门,它梗着脖子视死如归地把头往门外扎去,有时候它跑出门我们根本看不到。于是就可以开始见识花花世界,先把邻居家的花盆、纸箱子蹭几遍,然后一视同仁地再蹭几遍打扫楼道的扫把、簸箕,最后跑到我们楼道公用的防盗门前,站起来仔细端详。

还有时候它跑出去我们一直没发现。楼道里有那么多门,门后都是不让它进的房间。只要有条门缝,它就会钻进去,上别人家看看西洋景,还当是在自己家。好几回对门奶奶笑眯眯地敲我家门,问:"你家丢兔子了吧?"我赶紧跟过去,见它一片皮脚垫似的摊在人家客厅中央,大模大样地跷着脚丫,大方得和在自己家一样。一把把它薅起来,它会气急败坏、连踢带踹,有理得像被强行带离自己领土的君王。

有时胆子又小得出奇。好几次我起夜,它睡迷糊了,骤然吓醒,后半截瘫软在地,前爪却猛刨地面,惊天动地地从眼前滚过,快得只能看见一个圆乎乎的黑影绝尘而去。然后远远地刹住步子，惊魂未定地回头观瞧。

有一次我在卫生间，没开灯，第100万次把它吓瘫，它半身不遂，仓皇而去，却又借着黑暗，小心翼翼地摸了回来，估计是想确认一下吧，结果再次瘫了，一模一样地半身不遂、仓皇而去。留下我无奈地开了灯，怒吼，是我。

但它终归还是不懂什么是危险。这个世界都是它的家嘛。

某个晚上我用微波炉转盐袋子取暖，取出来时盐粒因为摩擦过热，点燃了罩布。我却浑然不知，抱进被窝烫到了皮肤才察觉。尖叫着拎着冒火的盐袋子跑到客厅，我妈急忙拍打灭火，一时之间，火星乱飞，只见臭蛋儿追逐着轻盈飞舞的火星快乐地跳跃。

那场景太美我不敢看。

人家说兔子是最有家庭观念的动物。在自然里，它们群居，相亲相爱，积极参与群体事务，有着令人心生敬意的责任感。在我家，虽然户口本上也没有它的名儿，它不跟它爸的姓，也不随我的姓，但它依旧是这个家响当当的一分子——每天只领两份兔粮，却操着全家人的心——至少它是这么觉得的。

好吧，平心而论，它是我见过的最爱看热闹的兔，也是我见过的最爱操心的兔。话又说回来，它是我唯一的兔，我也没有别的兔子可以比较。

白五爷有它的猫生

◇酒无

白五爷是一只全身雪白的混血波斯，是C还在的时候我们一起养的猫。

我和C从大学的时候就开始谈恋爱，第四年纪念日的时候，我们大吵了一架，他为了哄我开心，发了一则同城收养猫的消息给我。

猫的原主人是一个卖家居建材的小老板，生意做得红红火火，根本没空照顾白五爷。而且他极坦诚地告诉我们，这只猫是朋友的朋友的朋友交给他的，他也不太懂怎么照顾猫。他问我们喜不喜欢猫的时候，C毫不犹豫地说很喜欢，我女朋友也喜欢。

我们就这样把白五爷接回了家。

我不知道是不是因为易过几任主人的缘故，它对人非常缺乏信任感。刚来的那天，它一直窝在客厅的角落里，偶尔在墙边溜达，观察周围的动静。我一伸手过去，它会马上转过身，饿了也不会主动乞食。不吃饭或者睡觉的时候，它除了发呆就是清洗自己，眯着眼从那张像被打了一拳的脸到趾甲缝都舔一遍。

听说猫天性胆小，所以刚开始我们都很注意，出门时会关紧门窗，留好猫粮和水。白五爷大部分时间都是蜷成一团，安静地躺在窗台上。

后来，C换了一份离家近的工作，他在家的时间变多了，白五爷这才被开发出猫的天性。见到我回来，它会亢奋地冲过来扑到我的脚上轻轻地挠一下，再飞速地跑开。北方的冬天干燥生冷，它会自觉地钻进我们的被窝里自顾自地蜷着，甚至趴在C的胸脯上睡过去，赶都赶不走。

半年以后，我跟C从吵架升级到动手。起因是我忘记关纱窗，而C之前强调了很多次，纱窗不关好，白五爷会跑丢。

我用力把他推得趔趄，说："猫重要还是我重要？"

白五爷惊得从衣柜上站起，弓着身子盯着我们。而C什么都没说，收拾了几件衣服就走了。

我把C的日用品丢进了垃圾桶，抬头和白五爷对望了两分钟之后开始哭。它从衣柜上跳下来，和我隔着一张茶几的距离，一句安慰的叫声都没有给我，转过头高冷地走开了。

C此后再也没有出现在我的生活中，我和白五爷开始了两个"人"的同居生活。

白五爷变得神经质且黏人。吃饭一定要我在饭盆边它才动口，我一走开它就不吃了。为了不让它饿死，我只好蹲着看它吃完再走。吃完饭，它必须去阳台溜达，不给它开门它就一直拍百叶帘，甚至故意把门边的小凳子撞倒。晚上它会经常跳到我的电脑屏幕前，在键盘上乱按一气。睡觉前，它会钻到衣柜里把衣服都扒开再看我一眼，如果我不说话，它会继续扒其他层的衣服，只有凶它，它才会安心地躺下去。

我慢慢发现我也变得容易生气，它挠羽绒服我会不高兴，抓沙发脚我会发火，它把东西从高处碰掉我会抓起拖鞋瞪得它尾巴都竖起来。

我不知道白五爷是不是把C的离开怪到我头上而故意气我，我去宠物论坛发帖问：如果猫得了公主病该怎么治？有人看了我的描述说，猫有它的猫生。

我抱着它问："你讨厌我是不是？"它张大嘴打了一个哈欠。我突然想起从前每次和C吵架时我都会问的那些乏味的问题：你到底爱不爱我？我到底重不重要？

开春的时候，白五爷走了，在一个我又忘记关纱窗的周末清晨。

一眼看到楼下空调挡板上几个清晰的猫爪印，才发觉，原来C的担心是对的。

我现在仍旧记得它出走的前一天，孤高地立在窗台边转头看我的眼神，那只金色的瞳仁里满是冷漠。

我想我的确不适合养猫，也不适合爱人。

秃儿的爱情

◇希子因

事实上我在见到秃儿和美眉之前,就一直在听人们传颂着他俩的爱情故事。

美眉是一只咖啡色与黑色相间的短毛美国豹猫。懂行的人一见她都会惊呼,夸她最漂亮最名贵。她有着绿色的眼睛,每天闪烁不定。她虽也在小区里流浪,但人们一直在猜测她的身份。有人说她是有背景的猫,不知从哪里逃出来,她受过良好的训练和教育,会在马桶上如厕。

她在来我家之前,已经给秃儿生了两窝猫崽,第一窝五只,第二窝七只。

小区的一个小保安很爱猫,他在美眉每次怀孕后都捉了她送往好心业主家替她接生。

我很早就听这个保安说起过,这小区里有一公一母两只猫,他们可好了!

我就问他怎么个好法。他总是绘声绘色地说,他俩如何在夜里厮守,搂抱着睡觉,互相梳舔毛发。那个十六七岁的少年说得眼睛湿湿的。

直到有一天,秃儿一声怒吼就来了我家安营扎寨。

那小保安有一天路过,看见就说,就是他!我就问,那他的母猫呢?他就说又怀孕了,这是第二次怀孕,又是这只黄猫的,他把她送到一个业主家去生了。正值秃儿在我家大打出手横行霸道时,美眉替他产下七个儿女。

听说那户人家住在后面那幢楼的三层。又一日,那保安来,告诉我,黄猫的老婆从人家的三楼跳下,跑啦。我吃了一惊,忙问他为何。他说,那母猫每次都这样,把她送到人家那儿,她总要逃出来去找大黄猫。第一次怀孕时大着肚子就从二楼跳下去。夜里保安巡夜,电筒一扫,就发现她又跟黄猫厮守在一起了。

我惊得半晌无语。

几天后,美眉找到了我家。

那日我正在沙发上抱着笔记本电脑写东西,不经意回头看了一眼,恍惚看见我家木地板在晃动。惊得我放下手里的电脑,站起来看,就看见了美眉。她跟地板几乎是一色的,她悄悄地进了房间在走动,我的眼睛因为突然离开电脑,猛然回头看就以为是地板在动。我惊得不敢出声。这个烈女果然找她的老汉找到了我家。而秃儿显然对我待美眉的态度很警觉,他紧张地看着我走近美眉,直到我拿出食物抚摸美眉,他才显得放松下来。

接着,我看见了小保安说的每一幕。她跟秃儿嘴对嘴地闻,真是柔情缱绻,软语温存。他俩对视之时,就是一对痴男怨女。

我平生第一次看到了猫的爱情。

他俩总是抱在一起睡。有时美眉把头架在秃儿的脖子上睡,秃儿就睁着眼扛着。有时美眉把秃儿挤得半个身子落在蒲团下面,秃儿也扛着。一天他爹看见,就说,看秃儿掉到地上了,给他们再拿个蒲团。我白他一眼,说,再拿个蒲团他们也只睡一个蒲团上。但我还是拿了一个蒲团搁在这一个旁边,他俩果然还是挤在一个蒲团上睡。

秃儿还让着美眉吃食。我每次把猫粮端来,秃儿总是端端正正蹲在一边等着,等美眉吃够了,他才去吃。我非常惊讶和感动。原来,爱就是最简单的,爱就是爱,人会做的,猫也会做。或者说,猫都会做,人更应该会做。如果人把爱情矫情得太复杂,那一定不是爱情。

秃儿在我家,那她也就成了我家的猫。那一家从保安嘴里听说,也就听之任之。后来听说他们把美眉生下的七只崽崽都做了妥善安顿。自己留了两只,其他的分送给同事、朋友。保安说生下的七只宝宝,长得像妈妈的,个个漂亮。长得像爸爸的,个个不好看。

那时秃儿还是会在我不留神的时候欺负我家小狗黑黑,我就忍不住还是呵斥他教育他,有时动动小棍棒。有一次黑黑捉了小虫在院里玩耍,秃儿就去抢夺。他老虎下山一样扑去拦截黑黑,黑黑护着他的虫虫,吓得缩在角落里动都不敢动。我心疼,要冲去打秃儿,那美眉突然奋不顾身地倒在我脚边翻开肚皮,一边巴巴地看着我。我差点儿踩在美眉肚皮上。我一时惊诧,停下脚步。我知道美眉在替秃儿求情。那猫咪的爱情又一次令我惊叹。

我心疼美眉。她身量并不大,小小的样儿,却已产下十二只崽崽。我迅速地送她去做了绝育手术。我抱着她说:"不生了!美眉。咱不生了！"

给美眉做手术时，秃儿正巧被狗咬伤，大夫说痊愈了再做。那秃儿瘸着脚，却天天追着要跟美眉做夫妻。我怕一不留神又多出七只猫。这也是赶紧给美眉做手术的原因。做过之后，有邻居知道大叹可惜，说美眉是名猫，不该做，应该让她生小猫，一只八千块。我抱着美眉小声说："那咱也不生！"

秃儿还是天天缠着美眉。直到秃儿明白了什么，终于在一个月黑风高的夜里，偷偷出门去了。

不知道美眉是否知道秃儿是出去找女人，他的脚还没全好，就拐着拐着去了。他先是出去四天，后来是天黑走，凌晨归来。回来以后，照样跟美眉搂抱着睡，恩爱依旧。而美眉在秃儿不见了的时候，表现得很是烦躁不安，总是蹲在门口大叫，很有些控诉的意思。那平日里冷傲的小女子撒泼的模样很是一反常态。而我认为我是这场悲剧的制造者，抚慰美眉自然是我责无旁贷之事。

秃儿一回来，美眉立刻安静下来，不再要求进屋。她就腻着秃儿。

有一天他俩去邻居家玩，邻居刘姐姐发来信息说她为猫的爱情所感动，因为她也看见了美眉和秃儿如何依偎在一起。我就发信息告诉她，到了晚上，秃儿就悄悄出门去啦！她惊呼："啊？这个伪君子！"她立刻抄起一把扫帚把秃儿赶出了她家院子。

再后来，秃儿也做了手术。

那美眉从来是气质不凡，她生活能力强，奔跑速度比黑黑还快。我亲眼看见她腾空跳起捉住一只正在飞行的小雀。而且她性情孤傲，疾恶如仇。一日，邻居的狗狗笨笨在我家院里跟小猫猪猪打闹，美眉那时刚来，不明究竟，以为笨笨在欺负猪猪，她纵身一跃，原地起跳，从玻璃门窗下飞出三米远，落于院中央的笨笨身上，一顿臭揍抓挠，笨笨疼得到我身边哭诉告状。那美眉的英姿，永远在我心上。

但美眉跟秃儿相继被我们做了绝育手术之后，渐渐不再那么甜腻。美眉也不再那么飒爽，甚至有些多愁善感。有时早晨起来，我去猫屋叫他们起床，发现美眉跟秃儿竟然各自从不同的猫窝里走出来。他们俩竟然分居了！我还经常在白天看见美眉独自睡在角落的一棵枯树下，或者一株花旁。而秃儿那时倒在自己的窝里，咧着嘴昏睡不醒。

那生生死死、缠缠绵绵的爱情消失了。他们不会再为爱情去跳楼，去拼命，去冒险。

美眉她闷声不语。她不再每时每刻靠着秃儿。那时美眉平静但落落寡欢。我也在想，给猫咪们去了势，究竟是不是件好事呢？我眼看着那浓烈的爱情褪了色。猫咪们倒是安全了，这一生仅仅是平安。而让他们平安，却是我们人的意志。我有时也想，如果让他们自己选择一生，他们愿意怎样？他们觉得人给他们安排的猫生，快乐吗？

秃儿跟美眉感情平淡之后，美眉经常独自站在墙头望着远处，久久沉默不语。我不知道，这美丽的女子，是否在想念她遥远的异国家乡。

此生拜托了

年糕的焦虑症

◇潇潇猫

年糕又被我称为年大大,是我家老猫队伍中的一员。我家八猫,基本可以从年龄上划分为两个阵营,面条、芒果、年糕、加加四位老同志均已年过十岁,另外四位,最大的黄二豆四岁有余,两岁半的白果次之,小笼比白果小一岁,最嫩的小饼干,刚过完一岁生日。日常生活中,老龄组各自为政,以修身养性为主,小字辈时常滚作一团,惹是生非,不招老的待见。

年糕之所以被我称为年大大,是因为它除了性情安稳、贴心懂事之外,还勇于担当,时常替代性格柔弱温和的真老大面条,出手教训造次的小字辈,有种不怒自威的老大风范。年糕在八猫中与我交流最密切,这么说吧,如果我是班主任,年大大就是小班长,平日里能帮我管事。

无论大大还是班长,活儿都不易干,尤其在听力不好的小笼和调皮捣蛋的饼干进家门后,队伍越发不好带。小笼性拙又顽皮,除了不懂尊老，还有个东拉西尿的臭毛病，饼干自小跟着笼哥混，除了猫砂盆用得比哥熟练，别的恶习一点儿不落空，二豆和白果虽说尚且明白事理，但毕竟稚嫩，免不了被拐带着参与捣蛋斗殴……这一年多里，我时常看到在阳光下静卧的年大大，眼含忧虑。

就在上个周末，年班长出了状况。

我们下午出门看话剧，晚上回到家已过十一点，进家门就看到地上有若干呕吐物，有没消化的猫粮，还有带泡沫的水。猫呕吐是常事，加上看了一出难得的好话剧，我的心情尚在激动之中，于是快速收拾了，拿出红酒与猫爸和王老师小酌，个把小时之后，酒干人散，准备上床就寝。

往常这个时候，年大大必然会跟着我跑上阁楼，先于我躺倒在床头，而此刻却不见小人家的身影，我反身下楼寻找，半响之后，终于在一楼沙发边的黑影里，看到神色黯淡并竭力躲闪的年糕，我强行搂抱过来，手指触到它干热的鼻头，联想到一摊摊呕吐物，心下一沉。

躺在床上我就失了眠，脑子里像过电影一般思前想后，联想到年糕的过往历史与脾气秉性，最终得出结论：年糕的问题应该不是生理问题而是心理问题，极有可能是生了大气，俗话说哀伤胃怒伤肝，发生呕吐就很自然了。我接着寻思，家里能惹年大大动怒的，除了小笼就是饼干，但俩泼皮并非新近才不知好歹犯上作乱，年大大出手制恶也成惯例，看家中状况，又不像有特别事件发生，它怒从何来呢？

我在床上辗转反侧，抻抻被子，小笼滚落，蹬蹬腿，饼干惊醒，我突然明白了年糕心病之症结所在，也就是伤了小人家肠胃的哀之所在：问题出在了人身上。

此生拜托了

近些时日，饼干邀宠之心越来越甚，侍寝的位置已由原来两米多远的桌子底下挪蹭到我床脚下，有时做萌宠状爬到我枕边蹭鼻子上脸地舔我脑门儿，我一时被蒙蔽，当着年大大的面，抱起这体重直追年班长的肥仔连亲带吻。小笼本是天生浑不吝的主儿，入冬以来尤爱压着我身子睡，而我也习惯成了自然。现在回想起来，确实有几次在我与它们亲热之时，用眼角的余光瞥见过年糕寂寥忧虑的神情。

第二天早上，我比以往早起下楼，询问已经给众猫开过早饭的小白，果然，一向胃口好的年糕没像往常那样跳上厨房的灶台，而是怏怏地闪在一边茶饭不思。这又暗合了我的另一个猜测：小笼不但瓜分了年老大睡觉的地盘，还强取豪夺了它以往独有的先吃罐头特权。试想，长夜漫漫，年老大目睹它最爱的我，左拥右抱着它的劲敌入睡，早上吃饭，又被讨厌的傻大个拱在一边丧失尊严，而小笼的亲妈小白，对亲儿子宠爱有加，给点儿特殊待遇也不是没有可能的，如此这般，自尊敏感的年老大怎能不积怒成疾？

听了我的心理分析，小白呵呵地笑弯了腰。我正色说："你看，养猫也能帮助咱们成长，猫跟人一样有自己的爱恨情仇，它们的信任之情容不得随意伤害，从今往后，我们必须要细致周到地呵护老同志的心理需求，不得有半点儿闪失。"

我拿了一个最美味的小罐头，找到独自盘卧在沙发上的年大大，抚摸亲吻外加细语呢喃。随着罐头打开的清脆声响，年糕抽了抽鼻子，俯身下去，闻了闻，又再次抬头，眼神复杂与我凝望数秒，然后愉快地吃将开来。

当天下午我从外边给家里打电话，问小白："年糕同志怎样？"小白呵呵了一通，说："年糕同志活蹦乱跳的，好着呢！"

三毛与白鼻子

◇邓笛

很多年前,住的大杂院里有两只猫,都是黑猫,一只叫三毛,一只叫白鼻子。

三毛是我家养的猫,如果不考虑它的白色胡须的话,它简直就是一只纯黑色的猫,浑身上下黑得发亮,无一根杂毛。它的名字是我父亲给起的,"三毛"的意思就是指它突兀的白色胡须,尽管它的胡须远不止三根,所以我现在推测这个名字跟张乐平的漫画人物三毛也有点儿关系。这只叫三毛的猫不喜欢安分地守在家里,与张乐平的三毛一样很多时间都是在外面流浪。它常常是昼出夜归。我们在外面玩的时候偶尔还会看到它。它要么行走在别人家的屋顶,要么出没于别人家大院的壁头,飞檐走壁,腾挪攀爬,身子灵巧得像《水浒传》中的鼓上蚤时迁。

白鼻子是我们家斜对门王五爷家的猫,与三毛同岁,也是一只黑猫,但是它的黑不够纯,四只爪子都是白色的,另外鼻头也是白色的，因此自然而然就有了"四脚白"和"白鼻子"这两个名字，不过后来叫它"白鼻子"的人多了，另外一个名字也就渐渐没有人叫了。白鼻子喜欢安静，每天都守着家，很少走出大院。在太阳底下眯着眼，是它经典的形象。

两只猫，一样大岁数，却性格迥异，活泼的翻墙爬屋，笨拙的憨态可掬，相映成趣。大杂院里的人家处得像一家人，因此我们家给三毛喂食时，白鼻子也可以蹭吃，但是三毛总是霸占着食盘，白鼻子只能吃到残羹冷炙。王五爷家给白鼻子喂食时，三毛也可以蹭吃，不过白鼻子哪里玩得过三毛，常常是弄得自己反倒像是一个上门讨饭的乞丐。

那时候穷，好吃一点儿的东西都被人吃了，没有猫的份儿。当各家有了好吃的，不会一顿吃光，总会留点儿下顿吃，这些美味便会用东西罩着放在碗柜里。邻居们都说，这些好吃的东西常常被三毛捷足先登了。有人目睹过三毛娴熟地打开碗柜门，揭开罩子，叼走鱼肉，他们还未来得及反应，三毛就已经不见踪影了。"快若闪电，巧如鬼魅。"邻居们这样评价它。

尽管绝大多数美味盗窃案邻居们只看到作案后留下的现场，人们既没有看到三毛作案过程，也没有看到三毛携带赃物，但是有那么几次就足够了。人们似乎忽视了，这个大杂院里，除掉三毛，还有一只叫白鼻子的猫呢。凭什么每次罪名都赖在三毛头上呢？我想，不怪人们这么想，谁叫它张扬、强势、灵巧，而人家白鼻子低调、示弱、笨拙呢？三毛的坏名声因此远近闻名了，连一里之外的人家都说碗柜被三毛光顾过。

人们开始防着三毛，但是防不胜防，每天都有人家的碗柜被撬。我觉察出，三毛仿佛已经成了老鼠，人人喊打了。只不过打猫也看主人，人家不会当着我们的面打猫，但是主人若不在，情况就难说了。当然，我们也不担心它被打，一来它确实该打，二来它太机灵了，来无影，去无踪，要打到它绝不是一件轻而易举的事情。相比之下，老实的白鼻子让人怜爱。人们看它抢食抢不过三毛，就趁三毛不在的时候，额外给它加餐，虽然也吃不到什么美味，最好也不过是鱼汤或肉汤拌拌米饭，但关键不是吃什么，而是人的态度。人们没事的时候还喜欢给白鼻子挠挠脖子，它也享受地蜷缩在人的脚边轻轻打呼。就这样，三毛和白鼻子，一个被人恨着，一个被人爱着。

日子一天天过去，美味盗窃案还是时有发生。人们开始用各种办法锁住碗柜，但总有遗忘的时候，这个时候也就是连环盗窃案再现的时候。"三毛真是太狡猾了。"人们无可奈何地叹道。有一天，三毛没有回家。这种情况比较罕见，我有种不祥的预感。第二天、第三天……三毛再也没有回来过。后来，有人说，三毛终于被人逮到了，而这个人正好又是一个恶人……听得出来，话中有"恶人自有恶人磨"的意思。

不过，美味盗窃案并没有因为三毛的失踪完全终止。有一次，我居然撞见了好猫白鼻子叼我家碗柜里用碗扣在盘子里的红烧鱼的全过程。它动作之灵巧，目光之犀利，完全不同于它平时从容不迫的优雅形象。不知道你有没有看过美国电影《疯狂动物城》，反正，我在看到电影中那个慢吞吞的"闪电"最后竟然飙车时，我就想到了白鼻子，认为电影讲的故事一点儿也不夸张，现实中真的就有！那天，我把白鼻子开柜盗鱼的事说给邻居们听，哪知他们并不吃惊，似乎早已经知道。"没有不偷腥的猫。"他们平静地说。我发现，人们有时宽容，有时苛刻，完全根据自己的理解。白鼻子十分幸运，成了人们宽容的对象，它因此能福寿延年，活到了21岁（相当于一个人活到了100岁），比三毛整整多活了16年。它后来也是有一天突然没有回家，但是人们给了它一种美好的传说：它岁数大了，自知不久于人世，便找一个僻静的地方等待死亡降临，不想让那些爱它的人看着伤心。

三只野猫

◇ 简平

在我每天散步的那条幽静小径上，时时都有三只猫在此出没。这是三只野猫，一只是黑猫，一只是黄猫，还有一只是白猫。我不知道它们是不是一伙的，但我总能同时看到它们的身影。

那只黑猫是三只猫里个子最大的，也最有力气，奇怪的是，它似乎不喜欢在地上行走，而总是在围墙的最高处或蹲伏或转悠，一副君临天下的样子。黄猫身上有着很好看的斑纹，但它并不理会，哪里脏就往哪里钻。最乖的是那只白猫，瘦瘦小小的，好像也特别胆小，老是独自远远地伏在草丛中。小径极少有人来往，所以，我的出现让三只野猫一下子变得焦躁不安。黑猫在高高的围墙上一动不动地盯着我；黄猫猛地蹿上树去，摇落一树枝叶；白猫则躲进草丛的暗影里。这样严重的隔阂，让我生出一种无奈的叹息，多少年来，人与动物之间的和谐，更多是由于人类所加之的伤害而被破坏了。

此生拜托了

　　我尽量不去打搅它们。黑猫在围墙上冷冷地盯着我看,我向它投去善意的微笑,有时还轻轻地向它摆摆手,打打招呼。黄猫在泥地里打着滚,我加快步子走开,让它自由自在地享受自己的快乐。每当经过白猫躲藏着的草丛时,我尽可能地把脚步放得更轻,以免让它陡然受到惊吓。渐渐地,我发现它们已然明白我是一个不会攻击它们的友好人士。它们一定是认识我了,所以在我散步的时候,非但不再惶恐不安,还陪伴起我来,或者悠悠地跟在我的后面,或者静静地趴在小径边上看着我。这样的时候,我感觉到安详与温馨的氛围在天地间荡漾开去。

　　可我有时也会为它们生气,因为它们太爱打架了。事实上,我根本搞不清楚它们是真打还是在闹着玩儿,但有一天,我断然干预了它们的混战。那天,黑猫和黄猫打得昏天黑地,那只白猫则跳出草丛,在一边围观,表现得很是兴奋。黑猫和黄猫厮打着,扭在一起,突然,我看见黄猫的脸上被黑猫抓出了血痕。想到所有的野猫都是可以被驯化的,我忍不住上前喝住了它们,我只是使劲地一跺脚,它们便识相地即刻停止纠扯,随后迅速地逃之夭夭。虽然我看不到它们的身影了,但我还是像上小学时老师教育我那样,对着空茫的小径讲了一通团结友爱、互帮互助的大道理。

　　没有想到的是,有一天,我会对它们肃然起敬。小径边上的一户人家新养了一条大狗,它十分霸道,不管是人还是野猫,甚或它的同类经过,它都气势汹汹地杀将过来,狂吠不已。那天早上,我刚踏上小径,却出乎意料地看到了不同寻常的一幕:那条狗对着蹲在邻近草丛里的白猫一刻不停地狂吠着,每一声都像要撕裂天空,让人都感到了没有自尊的屈辱。忽然,黑猫迅速地翻下围墙,黄猫奋爪踢开落叶,白猫则勇敢地跃出草丛,三只野猫昂首挺胸地蹲成一排，以沉默直视着狂吠的大狗，不畏不怯。相持许久之后，最终，那条狗无趣地停止了吠叫，悻悻地掉头离去。我想，这或许是小径历史上第一次上演蔑视强权的壮观戏剧。

可是有一天傍晚，我竟然看见小径上躺了一只很小很小的死猫，成群的苍蝇在它上面哄来哄去。我顿时停下了脚步，心里有些凄惶，害怕得起了一身鸡皮疙瘩。我禁不住四下找寻那三只野猫的身影。只见它们各自躲在远处，既不出声，也不跑跳，我掠过它们匆匆回家的时候，发现它们的眼神里尽是惊恐和哀伤。我想，至少有一段时间我不会再到小径来散步了，因为那只可怜的死猫不知道何时才会得到处置，而这条小径向来是没人打扫的，即使有人路过，看到了，也只会像我这样匆忙逃离，唯恐避之不及，而绝不可能为一只素不相识的小猫掘一个小坑，把它掩埋。那天夜晚，我无法入睡，心里全是不安，我牵挂着小径，也牵挂着那只不幸的小猫。第二天一早，不知为什么，我控制不住自己，再次去到那里。小径上，那只死去的小猫已经不见了踪影，而那三只野猫仍旧在我的身边蹿来蹿去。我一点儿也不知道那天晚上小径上发生了什么，但我固执地相信，一定是那三只野猫合力移走了它们的同类，并给了它一场体面的葬礼。此时此刻，望着它们，我的眼眶不禁有些热了。

此生拜托了

十一号楼的猫

◇燕子

我住在二十五层，三层的楼道里养着一只流浪猫。说是流浪猫，早就没有了流浪猫的样子。那是一只米黄色的长毛猫，眼睛微微透着绿，洗过澡也梳过毛，毛色油亮有色泽。有时候我往下走的时候，会按一下三层的按钮过去看它一眼。到了三层，"叮"一声电梯门打开，它就蹲在三层电梯口的小厅堂中央，坐得很端正，特别优雅地看着电梯里的人，仿佛知道我们是来看它的一样。旁边的墙边放着猫粮盆和水盆，还有几个小玩具。

多数时候，它只是看你一眼，也会有直接走入电梯的时候。进来后就跟所有乘电梯的人一样，乖乖等着。到了一楼，它就慢慢走出去，也不赶时间的样子。在所有人的脚步间左拐右拐地穿插着一起走出居民楼，往楼下社区院子里的树下一躺，晒着太阳睡一觉。天色晚了，就再跟着上楼的人一起回去。我住的这幢楼里几乎每一个人都知道它的存在，看到它走进来了，就帮它按一下"3"。三楼一到，门一开，它又不紧不慢走出去，重新坐在电梯口正对面。

它刚来的时候，我经常加班到次日凌晨，也就经常和它一起坐电梯上来。有一次在工作室里结束工作，导演又出差，我一个人抱着一堆东西，从北区的工作室穿过漆黑的花园，走回南区的家里。半路被蚊子叮了一腿的包，只能边跺脚边走，走到楼下的时候，脚都震得又麻又疼。我用下巴很卖力地点开电梯开关，前脚刚进去，后脚它就跟进来了。我盯着它，它盯着我，我只好用额头顶了我自己的楼层，又用下巴按了它要下的楼层。等搞定之后，原本一路走回来的沮丧感消失不见，我一个人在电梯里笑得前仰后合。它出去的时候，还靠近我的腿边翘着尾巴蹭了一下。大半夜，我和一只猫同乘了电梯，还为它按了按钮，这太喜剧了。

它是三层住户们一起养的流浪猫，听楼下大厅里跳广场舞的大妈们说，它是在一个风雨交加的夜晚从电闪雷鸣中逃进楼里来的。当时它毛都掉得斑秃，眼睛发炎全被眼屎糊住，身上还有伤，走路一跛一跛的。当时三楼住着的刘奶奶撞见了它，心生怜悯，就把它抱回了家，养了伤洗了澡，也下定决心收养它了。这个刘奶奶是楼里的风云人物，楼下广场舞军团的"头目"。

为了照顾好这只猫，刘奶奶甚至缺席了很久的广场舞。在刘奶奶的照顾下，它很快恢复体力，也脱胎换骨，以至于后来出现在大家面前的时候，它完全变成一只美貌的家猫。后来伤好以后，大约是它自由自在流浪的时间太久，实在不习惯这样被禁锢在一方小小的屋子中，成日趴在窗口，"喵呜喵呜"地惨叫。刘奶奶觉得它是想外面了，就打开门把它又放了出去。它也不犹豫，就直接奔向了自由的广阔天地。

可自打那以后，它似乎把三层当成了坚实的后盾，在外面野几天,就回来,还会坐电梯,回到三层就安静蹲在那里等着。慢慢地,除了刘奶奶,整个三层的人都习惯了,开始没事就往外面放点儿吃的、喝的,有时候甚至还有猫玩具。它也越来越把这儿当成家,从半个月一回到几天一回,现在一天一回,比上班下班的白领还准时。

很快,整幢楼都知道了它的存在,大家无论是怎样的生活作息,在这几年里,都或多或少地见过它,或者和它一起搭过同班电梯。渐渐地,它从三层的猫变成了十一号楼的猫。也会经常看见同楼的住户跟别人说,"这是我们楼的猫,一会儿就回去了"。

我回家的时候,不止一次听到别人问保安,怎么总能见到那只猫?保安头也不抬地说,"噢,那是十一号楼的猫,出来溜达溜达",听得我差点儿当场笑出来。十一号楼的猫,这真是个好名字,听起来就很文艺。在超市里买了太多东西拿不回来,我留下地址拜托工作人员用推车送回去,一说楼号,那边就直接说:"噢,就总有只猫在楼里转悠的那幢,我知道我知道。"那只黄毛碧眼的猫咪突然间变成我们的流动标签,让一些事情变得格外有意思起来。

朋友来家里做客的时候,一进家门就一惊一乍地说:"你们邻居还真热情啊。这远亲不如近邻,在你家我算是见识到了。"他很疑惑,究竟是怎么做到的,全楼的人好像都是认识的,出个门回个家在电梯里见到了,还点个头示个意。她说:"这场面,我除了小时候住我爸的纺织厂家属大院的时候领略过,真是多年不见啊。我刚才提着一堆东西上电梯,被超过三个人问要不要帮忙。"我就带她去参观那只猫,她不可置信地反复问我:"它真的会坐电梯?它就住在三层?它几岁了?太神奇了!"因为它的到来,这些原本互相陌生的人的人生突然都多了一条,十一号楼的猫的主人们。

十一号楼的猫,变成了十一号楼所有灵魂的交集点。它把人们从快餐而淡漠的城市文化里拯救出来,让每个人都不再是冷静的路人甲乙丙丁,成了生动饱满的男女主角,演着一出叫生活的戏。刘奶奶作为这只猫的原始救命恩人,也很欢喜,跟我们说,孙子知道她养了一只这么有灵性的猫,一到假期就住过来看它。原本搭救了一只猫,结果还让宝贝孙子成了常客,简直就是节日大酬宾。说话间喜气洋洋,仿佛不是她给了它新生,倒是它带动了她的幸福生活。

这只猫自己大概永远都不会明白,它变成了所有人的精神亮点。人们喂饱它,还喂饱自己的心。人们关注它,进而发现原来生活里有这么多小事值得被看到。它们都充满爱与柔软,缓慢而有效地治愈了很多纠结。而且它把家变得更像家,我们集体养了一只小动物,我们都成了别人生命的依靠,还有什么理由不勇敢而乐观?

有了这样的底气,就慢慢活得更有力气。除了应付好所有的人情冷暖和生活压力,还有多余的力气去向陌生人绽开笑脸。毕竟是租的房子,也许以后我会搬走,到那时候我肯定会想念十一号楼的猫和养着它的十一号楼的所有人。

第五章 大事不好了,萌宠跑路啦

此生拜托了

每辆车下面都躲着一只猫

◇王若虚

我们宿舍已经像个狗窝了,现在还要再养一只猫。

一床是长得跟座肉山似的LOL(《英雄联盟》)宅,每天坐在电脑前超过18个小时,无论是愚公还是强拆队都移不走他。

二床是混学生会和社团的单身狂,每年天猫狂欢的时候,他都躁动得像要食月的天狗。

三床是网吧党,一个月在宿舍出现一次,我们快忘了他长什么样、是男是女。

四床是我,学术控,必要的话可以对着线性代数的公式发誓来表达我的虔诚。

这只叫"等等"的野猫,就是二床单身狂带回来的。

那天晚上,他从学生会聚餐喝醉归来,路经湖边树林忍不住吐了一地,直接在草坪上睡了过去。翌日醒来,单身狂发现身旁有几只呼呼大睡的野猫。

单身狂大喜，提起其中一只毛色灰黑、远看就像块抹布的小野猫，晃晃悠悠走回宿舍。

我们初见他那架势，以为是要做广东名菜龙虎凤大杂烩。

单身狂说："这就是我跟你们常说的小野妹子最喜欢的那只野猫啊，它特别不怕人。"

这里的小野妹子不是指那个古代日本政治家，不是微博吐槽号，也不是一个叫小野的妹子，而是一个喜欢在学校里喂野猫的漂亮妹子，是单身狂进大学以来追求的第二十二或是第二十三个姑娘。

单身狂追过的每个妹子都会被他挂在嘴上，经常被我们搞混，到后来已经麻木。但这个妹子显然品位成疑，眼前这只睡猫，长相实在不可爱，和我们平时在幽默动图、热门微博上看到的猫咪截然不同，撑死只能算是猫中的群演，还是盒饭里总是少个蛋的那种群演。

单身狂解释道，妹子对这猫特别有好感，因为这猫长得像她爸。

这时猫醒了，睁大眼睛迷茫地看了我们一眼，勉强站了起来，又一屁股坐了下去。单身狂去厕所打了碗凉水给它，它就吧唧吧唧用舌头卷，不一会儿喝了半碗，喝完了就开始蹭LOL宅的裤脚，喉咙发出满意的"咕咕"声。

身为野猫居然不怕人，的确难得。

单身狂趁这个场面温馨的当口，说出自己的计划："我们养它吧，这么可爱。"

他在打什么鬼主意我知道，这猫将是他追妹子的利器。我常年泡图书馆和自修教室，宿舍就是个睡觉的地方，LOL宅邋遢到桌子上已经堆起泡沫塑料饭盒的小山,根本不在乎宿舍里多一只猫。

我正要给他泼冷水说养猫没你想的那么简单,走廊里响起了丁零咣当的钥匙撞击声。

我们楼的阿姨痴迷于查房,一天不下三次。她用鼻子就能嗅出电水壶、电热棒的气息,还经常往帅气男生的床下面窥看,据说是"搜小姑娘"。

我们总是本层第一个被查的宿舍。

我和LOL宅还没反应过来,单身狂已经抄起地上的猫,转身箭步跨上阳台,把它直接扔了出去,一声喵叫销魂地陨落天际。

默哀了半晌,LOL宅吐槽道:"就这样还养猫?"

单身狂在我们宿舍是个异类。

除了他,我们都不相信真爱。

我们宿舍四个人都没女朋友,唯独二床以单身狂的名号自嘲,在脱单方面,他最急不可耐。

细说情史,LOL宅大一时跟人表白被拒两次,开始彻底游戏人生;我念高中时追一个学姐两年未果,从此安心做我的学术控,并深感学习知识是件多么公平的事情,多少努力多少收获,谈感情就不是。

单身狂呢,爹妈给了他一张防止早恋的脸,但他绝对是我见过的最拼的失恋专业户。

在他不漫长但充满波折的大学前两年里,为了追姑娘,他跆拳道练到数次脚抽筋还是白带;在吉他社弄断人家八根琴弦;在轮滑社摔得一身伤;在Cosplay(角色扮演)社扮过路飞结果被门卫误认为是卖西瓜的,不让他进学校;跟着学生乐队出去商演,坐地铁集体逃票被一群工作人员围追堵截;等等。

追一个败一个，败一个换一个，他就像跟着汽车飞奔不知倦怠的小狗，耷着舌头，眼神真挚，口水夹杂汗水，但没有泪水，他从不介意我们的嘲笑、调侃或同情，奋不顾身，勇往直前，认定每个他要追的妹子都是真爱，每个没追到的妹子都是眼瞎。

我们都不知道这算是可敬还是可怕。

这一次，他加入的社团是"野猫喂食者协会"，组织松散，成员飘忽不定，大部分人都互不相识。

被单身狂扔出去的野猫，最终还是留了下来。

我们宿舍在一楼，阳台上半部分是防盗金属栅栏，单身狂把它从栅栏缝隙里扔了出去，谁知道阿姨查房后没几分钟，它居然自己又从外面跳了进来，蹲坐在落地窗后面等我们给它开门。

以前也有野猫跳进来翻阳台上的垃圾桶，单身狂会把网球扔到落地窗上吓唬它们，这次他却像找回了失散已久的亲儿子，就差抱进怀里亲嘴巴了。

"这猫有灵性啊！有没有！"单身狂蹲下去摸摸它毛茸茸的小脑袋，"也不用弄猫窝和厕所，平时弄个食盆，它饿了自然就来我们这里吃饭，来去自由！"

小猫"喵"了一声，好像听懂了"饭"字。

"你就叫等等吧，以后就在阳台上等我。"单身狂充满怜爱地说。

我到现在都很佩服他给猫起名字的机智，一个"等"字，饱含艰辛与幽怨。无论平时打了多少鸡血，喝了多少鸡汤，药水补完，血槽拼光，最后你还是得等着，等一个结果，等着命运之神叫号叫到你，在打烊之前。

总觉得能等到什么。

单身狂欢天喜地出去买猫粮，我问LOL宅："你觉得他能追到这妹子吗?"

LOL宅挖着鼻孔,对着电脑屏幕呵呵一笑,过了半天才回答:"最多追一个月。"

单身狂是那种讲求实际的人,什么放长线钓大鱼啊,我等你一个世纪啊,千年暖男万年的备胎啊,他都不屑一顾。二手价卖掉道服、轮滑鞋、瓜衣草帽,心塞几天,单身狂总能蓄满能量槽奔向下一个目标。

我们几乎不必怀疑,要是哪天小野妹子拒绝了单身狂,等等就会遭遗弃,不吃猫粮,吃野餐。

LOL宅估计得太乐观了,等等在我们宿舍开伙不到三天,就传来小野妹子跟一个男生在校外同居的消息。

据单身狂说,那男的在校外住着一套月租三千元的两居室,客厅里有张超大沙发,外面自带一个小庭院,大到可以打羽毛球——还养了条真狗,弄不清楚是古牧、苏牧、还是边牧。

"她说本来想把等等也接过去,但那小子对猫过敏。"单身狂一脸阴郁地说。

单身狂很愿意在睡前洗脚的时候和我们分享他追妹子和没追到妹子的心路历程,不管你想不想听。

我和LOL宅没接话茬,等着他对等等的判决。但单身狂没有扯到小猫身上,起身把洗脚水直接从阳台上倒了出去,心塞地上床睡了。

第二天我一觉醒来,对面的LOL宅鼾声如雷,单身狂却已经蹲在阳台上边看着等等吃猫粮,边拿手机给它拍照。

这算是最后的早餐吗……

单身狂见我起来了,解释说这些照片他打算发到微博和学校论坛上去，每天发一点儿，并且编一个温暖人心的故事哄骗一下爱心泛滥的小女生，没准儿也许就火了呢，也许就有大把妹子了呢。

我很佩服他的机智，但也不至于这个点起来啊，这分明是我们勤奋勇敢的学术控的作息。

单身狂说："哦，我昨晚约了一个妹子，今早陪她上公共选修课，对了，哪个食堂的早点比较好吃？"

我给他指了条明路，单身狂欢天喜地去给妹子买早饭，留下我和等等无言对视。我叹了口气，等等走进落地门，开始舔自己猫爪。

两个月过去，等等在我们宿舍混得越来越熟。

单身狂像个食堂大叔，只负责用廉价猫粮装满食盆，遇到等等时拍照发微博，但更多时候他在参加社团和学生会活动，认识更多妹子。

倒是常年在宿舍里的LOL宅成了等等的伙伴，他每次开黑完毕，精神放松下来，才赫然发现等等不知什么时候跳到了他大腿上取暖。

"喂，你什么时候上来的？"成了LOL宅最频繁的台词。

有时候他叼着牛肉干打游戏，等等就趴在他腿上咬住牛肉干的另一头，开始拔河。

还有一次我推开门，看到一个男生弯着腰拼命挠头发，头皮屑像下雨一样往下撒，等等就站在他脚下，像岩井俊二电影的主角一样"赏雪"。LOL宅坐在边上哈哈大笑。

那画面实在……看得人头晕目眩。

我过了五秒钟才反应过来负责雪景特效的人是我们宿舍的网吧党。

据说小猫出生后的四到八周内，如果和人类有过亲密接触，那一直会对人类有好感。出生十周内还没和人亲近过的猫，一辈子都会怕人。

谈感情的规律却是失恋过的人比较谨慎，而没恋爱过的人，想得多，怕得少。

单身狂是非正常人类。

那个上早课的妹子已成过眼云烟，他又瞄上一个喜欢夜跑的姑娘，每天晚上三千米，回来时累成狗，躺在床上呻吟不止。

有一次宿舍断网，LOL宅去网吧过夜，我和单身狂洗脚时讨论追这些妹子、花那些猫粮的钱值不值得的问题，他说你不要以为我这人就是为妹子生，为妹子死，为妹子操劳一辈子，我也要有盼头去操劳一辈子啊，我爹说踏入社会后有一些女人会越来越实际，其实现在有些妹子从中学就开始很实际了，我觉得我这辈子都奋斗不来，只有大学这四年里，还有些不切实际的妹子，那就追风赶月别留情，哪怕被拒绝一百次，也还能给人生留点儿浪漫回忆——起码，我是个努力过的笨蛋。

我竟无言以对。

到了这年快入冬的时候，等等终于被赶出了宿舍。

我记得很清楚，那天单身狂冲进宿舍时表情像着了魔。LOL宅在上厕所，等等就占据着他的座位，享受肉山留下的余温。它根本没来得及反应，单身狂已经一把抄起猫咪塞进了自己的书包，拉上拉链转身就走。

"你干吗？"

"她分手了！"说罢，门"哐"地关上了。

这就是我最后一次见到等等的情形。

晚上我自习完毕回到宿舍时，LOL宅和单身狂因为打架已经在学校派出所里写检查。

追根溯源，爸爸长得像等等的那位小野妹子同学和养狗的男友分了手，肃清了微博朋友圈，搬回了宿舍。得到消息的单身狂第一时间前去慰问，慰问品就是等等。

两个人逗猫的时候，可能动作有点儿过火，等等忽然防卫本能激发，挠伤了妹子的手臂，三道口子瞬间渗出血来。单身狂顾不上逃走的等等，先把妹子送去医院打针。

宿舍里，LOL宅一开始还纳闷等等怎么先回来了。一个小时后，单身狂带着杀气走了进来，眼神跟得了狂犬病一样。等等一见到他就从LOL宅身下跳下来，还没走出两步，单身狂飞起一脚踢在了它屁股上。

叫声凄惨。

LOL宅刚骂了一句，单身狂已经顺手抄起他桌上的鼠标又往等等身上砸过去。好在等等挨了一脚，猫科动物的本性瞬间恢复，从阳台落地门的缝隙里钻了出去，一跃而上，穿过了金属栅栏，消失在夜色里。

向来两耳不闻窗外事的LOL宅站起来后如同一座肉山，杀气十足道："嚯！"

单身狂说："嚯！"

LOL宅说："哈！"

单身狂说："哈！"

其实我也不知道他们动手前有没有对白，上面是我胡诌的。总之，肉山LOL宅一掌把单身狂打到落地门玻璃上，清脆的"咔嚓"一声，宣告了男子摔跤大赛开战。

好在他们只是在宿舍里动手,影响不算太恶劣,一人一张处分,没开除。但两个人不可能继续愉快地同居了,经过协商,单身狂搬出我们宿舍去了别的楼。

周围宿舍的人都觉得这是俩傻瓜,为了只野猫背张处分,神经病。

等等再也没有跳进我们的阳台。

新室友是个天天抱着电脑看韩剧的哥们儿,平时在宿舍里和LOL宅一人一副耳机,背对背不交流,如同网吧陌路,连叫外卖的口味都不一样。

LOL宅打电脑时会时不时摸一下自己大腿,发现空空如也,接着在游戏里发挥失常。

又过了一个月,我们的谈话中不再提起等等。那个食盆被踢到了床底最深处。

我和LOL宅都有失恋的悲惨记忆,进了大学各忙各的,不以己悲,只以物喜。在忘却伤痛和姑娘方面,我们已经拿到了初级证书,如今想在记忆里磨灭一只猫的存在,轻车熟路得有点儿可怕。

单身狂搬走后只和我联系过一次,发微信宣告:我和小野妹子在一起了。

我回了个"……"。

过了三分钟,他又发来一条:其实我也对猫过敏,但为了她一直忍着。

我依稀记起来,等等刚来我们宿舍那阵,单身狂的确会时不时脸部发红微微浮肿,说手臂痒痒,我们还笑他是不是被等等身上的虱子给咬了。

可能正是这点儿小细节感动了小野妹子。

我回他一句：你开心就好，祝天长地久。

之后删除了联系人。

我平时走在校园里，每每看到有野猫出没的草丛都会放慢脚步，努力搜索那个灰黑色的身影，然后希望落空。

倒常见到其他不怕人的猫大胆去吃女生手里的零食，它的伙伴们远远地躲在安全距离外的草丛后面，目光警觉地看着人类，又看看那只吃得忘乎所以的猫，似乎等着这个笨蛋被哪个怪大叔忽然塞进书包带走。

网上有个帖子写道，小区里野猫众多，都喜欢在汽车下面休憩、穿行，到了晚上，几乎每辆车下面可能都藏着一只猫，既安全，又暖和。它们和我们大部分人类一样聪明，一旦被外面的世界吓到过，就喜欢找个角落缩在一隅，不争不抢，不声不响。晴天时小心翼翼地晒苍白的皮，雨天时心安理得地舔干净的毛。

只有那些傻乎乎的家伙，愿意在路中央行走，追逐阳光，满身是伤。

此生拜托了

多想见证一只乌龟的一生

◇黄宝莲

有个台风天,大水淹过家门槛,家里来了一只乌龟,光秃秃的背上居然刻着一个"陆"字,这方圆百里,不曾听说有姓陆的人家,肯定是遥远的村外人家的宠物。这只迷途的乌龟可能决意离家,借着大水乘机溜走。

但是天涯茫茫,它大概也不知去向,随波逐流,落难吾家,就此安住下来。白天躲在乌黑的墙角,鬼鬼祟祟,从来没看到它正经活动过,总在暗里弄出怪异的声响。

乌龟行动很慢,也不随便吃,菜叶什么的都引不起它的兴趣,后来发现它不吃也能活着,就由着它自己活命。

乌龟命大,活过夏天又经过冬眠,在床底下一睡就是一个季节。来年夏至,台风时节又到,大水淹到家门前,乌龟神不知鬼不觉又随着大水漂游而去,不知流落何方。

如果幸运,经过长长的旅途,最后回归江河,那么,它也曾经有过云游的一生。如果一只乌龟能活五百年，如书上所说，它的故事还轮不到我来讲述。也许它去了另一个岛，到了另一个世界，遇见不同人种，经历多彩多姿或冒险犯难的一世。作为人要活多久，才可能见证一只乌龟的一生，但我们能否修得那五百年的缘，再次相会？

那是1987年，在纽约，我的墨西哥友人狄拉罗萨给他的弟弟买了一只乌龟作为生日礼物，取名耳伯·狄拉罗萨。礼物盒子一打开，狄拉罗萨的弟弟喜出望外，父母却大惊失色。他们认为乌龟会咬人，而且会传播病毒，坚持让他们立刻把乌龟退回店里或送人。

耳伯于是成了我的新宠。晚上，它住在四方形的水族箱里，白天放它出来走动，它在屋里四处云游，行迹可"闻"，因为木质地板光滑，它四肢一爬动就会滑开，肚皮碰地，咔嗒作响，像拖着木屐行走。

有时，它躲起来几天不出现，必须等到打扫卫生，找到它的栖身之处才会被放回水族箱里过游水生活。如果我懒惰忘了清洁房间，而它又隐居起来，一时也会相忘于江湖。

有一次，远道来了朋友，夜宿客厅沙发床，我忘了夜里偶有乌龟出没的事。客人睡至半夜，忽然听见缓慢而清晰的"咔嗒咔嗒"声，但是只闻其声，不见其"人"，吓出一身冷汗，直嚷有鬼。

我起来，开灯，逮到半夜突然出游的耳伯，才让客人明白是耳伯发出的声音，它大概好奇客厅里睡着的客人，出来察看究竟。平日里它偶尔从角落探出头来，我跟它问安，说几句久违的话，它会侧耳倾听，听完就走，从来不屑久留。

夏天，友人邀我去乡下小住，嘱咐我携带耳伯同行，乡间有溪流湖泊，耳伯可以一起度假。临行，我把它放在背袋里，和几本书待在一起。火车上，我读报纸，袋子搁在座位底下。下车时，提起袋子走出站台，下意识地察看袋子里的耳伯，它已经不知在我读哪一条新闻时，溜出袋子探险去了。

纽约地铁人多且杂，真不知道它会遇上什么人，被带到什么地方去；或者它会一直藏身于车厢，成为地铁上的神秘乘客，穿梭在曼哈顿与布鲁克林之间。我给地铁总站打了电话，请他们若发现耳伯的行踪，立刻通知我。地铁职员听得津津有味，答应一定帮忙查询耳伯的下落。

一个月过去，音信杳然，朋友笑说："如此大意，不只丢掉乌龟，不小心就会丢掉男朋友！"我当下有所警惕。

狐狸朋朋

◇ [日] 团伊玖磨 译 / 杨晶 李建华

前年冬天的一个傍晚,我把外套领子立起来,沿着不忍池加快脚步,心里念叨着:糟糕!真糟糕!尽管心里想着糟糕,但是或许能见到朋朋的期待又使我脚底生风。朋朋一定会高兴地叫起来,一下子扑过来。自信伴随着期待重逢的喜悦,牢牢地占据了我的心。不过,见面的喜悦是自然的,但是这伤脑筋的问题如何处置呢?我愿意相信,闯祸的不是朋朋。然而,又期盼着现在要见到的就是朋朋。明明知道这件事不能两全,但还是衷心希望这两件事都能如愿。

前一天看报,大吃一惊。报上说,在东京麻布的材木町逮住一只偷东西的狐狸。最近,附近人家的鸡呀,小鸟呀,屡次被偷或被咬死,正不知什么东西作恶时,发现在筑地的一个角落里蹲着一只褐色动物。从这只动物身边散落的白色鸡毛,断定它就是偷鸡贼,动物被逮住送进麻布保健所。报道说它是只狐狸,脖子上系着旧彩带,可能是家养逃跑出来的,保健所期待失主前来认领。

我养的狐狸"朋朋",正好在这篇报道的一个月前,挣断锁链逃跑了。春天,得到朋朋时它还是幼崽,我给它脖子上系上小狗用的红色套环,用细锁链拴在阳台柱子上。锁链很细,比普通的长,所以朋朋几乎可以在这个不大的租房院里自由撒欢。我觉得它这样肯定更容易与人亲近,关在笼子里太可怜。为了让它夜里有地方睡,还买来一个小狗窝,放在拴着朋朋的阳台柱子旁边。朋朋很喜欢这个窝,不仅从狗窝出出进进,而且常喜欢跳到窝顶上睡觉。一开始,一看见我就和我闹,所以我的手上脚上总少不了被锋利的牙齿咬伤和爪子划伤的痕迹。梅雨季节前后,它开始喜欢从我手中要鸡肉、竹荚鱼或狗食吃了,还喜欢我牵着它一起到海滩散步。到了夏天,朋朋已经能在我的怀里安睡了。

一养起来发现,狐狸酷似狗。虽然酷似,但又不完全像狗。最不同的就是它比狗聪明多了。比如,锁链缠在阳台柱子上时,朋朋和狗不同,它会仔细观察柱子和锁链是怎样缠绕在一起的,最后知道向缠绕的反方向绕柱子转,把锁链解开。喜欢登高也是和狗不同的地方。放到屋里,它马上就会跳上椅子、桌子或钢琴。手里拿食物举到高处,它就又是站立,又是跃起,还够不到时,就顺着我的身体蹿上来,抱住我的脖子要吃的。还有一点我认为也和狗不一样,它和我无论怎样亲近,和我以外的人绝不亲近。无论是家里人还是小孩,只要走近它,它就咬。虽然不是真咬,但是它不喜欢别人靠近它,更不用说碰它。

高兴的时候,在原地起跳,这也不同于狗。我外出回来时,朋朋一定要做这个游戏。在原地腾空跃起时,狐狸特有的美丽尾巴划出优美的弧线。当喜悦之情超越这个游戏所能表达的程度,诸如我离家数日回来时，它便摇着尾巴发出叫声转圈跑。叫声不是那种俗话所说"空空"的声音，而是"咔噢"或"咔哎"的尖细声音。表示这种喜悦的时候，一定要轻轻咬住我的裤腿儿，领到它的小屋旁，现出一副询问的眼神：你究竟到哪儿去了？怎么这么长时间不回来？又用身体蹭我。我往屋里走，它就三番五次地咬住我的裤腿儿，往它的小屋拽。

夏天过去，在秋高气爽的时节，朋朋长成青年。它那高雅的姿态，优美的动作，使来客无不咋舌赞叹。狐狸竟是如此美丽的动物，我自己对此也感叹不已，日子过得舒心愉快。

关于朋朋，有两点令人担心。其一是狗。朋朋被又细又长的锁链拴在阳台柱子上，虽然可以自由地在小院内跑动，但这个院子围着房子呈コ字形，有一扇始终敞开的大门，路上的狗可以由此进来。若遇上凶猛的野狗，这么老实的朋朋哪里是对手？我也考虑过，在院子里进门绕到房前的地方修一扇栅栏门，但是这样要在房子两侧都修栅栏门。况且院子正面与邻居家之间一墙之隔，这个在斜坡上的篱笆年久失修，也需要修补，这样一来工程太大。举棋不定之间，日子一天天转眼就过去了。

有一天，我正伏案工作，抬头一看，竟然有一只大狼狗晃来晃去。我吃惊地从椅子上跳起来，心想为了朋朋，要把这只大狼狗击退。然而，不知为什么，大狼狗和朋朋也许心情极佳，或早已成了朋友，玩得很融洽。大狼狗和朋朋玩了约莫一个时辰，径自走了。我又吃惊又放心，心想这下不修栅栏门也无妨了。那只大狼狗后来又来玩过两次。

另一个担心是气味儿。狐和狸下半身的臭腺十分发达，所以到动物园时能闻到刺鼻的气味儿。我家的朋朋由于拴在院子里养，加上打扫得勤，没有那种刺鼻的味儿。但是仍然有味儿，尤其小雨霏霏的阴雨天里，气味有时比平时更强烈。我和家人已习以为常，不大感觉，担心的是左邻右舍找来。然而，由于平时注意，及时清除排泄物，而且我每隔两三天都给朋朋洗澡，所以也相安无事。

11月的一天早晨，我被孩子的喊声惊醒了。孩子从院里跑进屋来，一边摇晃着我，一边说："朋朋不见了！朋朋不见了！锁链断了！"

我来到院里，仔细查看了院子里的土。院子里的土没有被踩乱的痕迹，锁链的断头在无声的黑土上闪着光。锁链是从朋朋脖子上离套环二三十厘米的地方断的，对朋朋来说，即使是逃跑，总比拖着几米长的锁链要好。

我相信朋朋还会回来。因此，窝原封不动，跟往常一样把装着食物的盆儿放在窝旁，和孩子一起在附近寻找。

"朋朋！"

"朋朋！"

孩子的喊声和我的喊声飞过冬日枯寂的草地，掠过枝头挂满珠粒晶莹的王瓜的树林，然而恨不得朋朋马上就会蹿出来的树丛、田埂边的草棵子却只有宁静。

朋朋始终没有回来。孩子和我为了找朋朋，每天都到冬日枯寂的山野中去。我们走得很远，一边喊着朋朋的名字，一边找。有时带上饭盒去找，从狗尾草穗闪亮的长者崎到秋谷的坡地；从我们突然出现在灌木丛的雾霭中使野鸭惊飞的峰山顶沼泽地，到檀木的果实红透、臭木的果实紫透的高尔夫球场下的沟沟壑壑；从东京湾尽收眼底的衣笠城址，到因日本武尊的传说闻名遐迩的走水潮在远处流光、房州的锯山举目可望的大楠山顶，我们边走边喊着朋朋的名字。然而，朋朋没有回来。

就在我们快要绝望的时候，看到在东京麻布的材木町逮住狐狸的报道。

孩子见我跟他商量，说："我认为从咱们家逃跑的朋朋不可能在东京。不过，不怕一万就怕万一。所以，爸爸还是去走一趟吧。"

我心想，据说狐狸能发着光夜行千里，说不定到东京算不了什么。况且，麻布的材木町是我曾经住过近十年的地方，这也让我觉得有些离奇。

我马上给拘留狐狸的麻布保健所挂了电话。保健所称，刚才还在这里，因为无人认领，所以刚刚移交给上野动物园的饲养员。我想，若是被塞进窄巴巴的箱子或笼子里，运到上野动物园的是朋朋，那太可怜了，它是个从来不知道箱子和笼子滋味的生命啊。我给上野动物园打电话，把经过述说了一遍。动物园让我马上去一趟，亲自过目，还问我见面时马上能认出来吗，我在电话这边拍着胸脯说："当然认识，肯定认识。"

见面的过程十分严肃。在暮色中，我走进饲养员室的一角。大概是为了不惊扰动物，小笼子上盖着一块儿黑布。饲养员让我蹲在前面，然后小心翼翼地揭去黑布。我在黑布被轻轻揭开的过程中，在心中祈祷着：是我的朋朋吧。至于狐狸偷吃人家的鸡呀、鸟呀，这些损失我都可以赔，现在只希望它是朋朋，是朋朋。

黑布揭开后，出现的狐狸和朋朋没有一点儿相似之处，是只丑狐狸，和朋朋的显贵姿态大不相同。眼神卑贱、为生活所累、被人欺凌的小生命在箱子的角落里龇牙咧嘴地看着我，现出一副不屑一顾的样子。大概是人豢养过，它的脖子上系着条又脏又烂的红绸带，使这只狐狸显得更凄惨了。

"遗憾得很，不是我的那只狐狸。我告辞了。不过，这只狐狸你们打算怎么办呢？"我问饲养员。

饲养员的回答让我放心了。"在这里收养下来吧。看来小家伙没少受欺负，在这儿我们会善待它的。没事，很快又会活蹦乱跳的。"

出了动物园的后门，走在不忍池边，心里惦记着朋朋。不知它现在干什么呢，只要好好活着就好，可是孤零零地在山里活下去太不容易了。

冬日的寒星挂在东京上空。也许在三浦半岛的山上或者峡谷里，朋朋现在也孤独地望着这些星星哪。我想着，加快了脚步。

朋朋出走已有两年。奇怪的是，每当阴雨绵绵的潮湿天气，院子里时而就会飘来朋朋留下的气味儿。

外院从此无老虎

◇佚名

外语学院有三多：女生多、外国人多、野猫多。

后面两"多"对于男生来说，是祸害。外国人会跟我们抢女生，但猛龙终究斗不过地头蛇，所以那些潜伏在阴暗处又无处不在的野猫才是最大的隐患。你不妨脑补一下这样的场景：花前月下，当女生闭上双眼轻启朱唇而你正欲顺势拥她入怀时，冷不防从脚边蹿出一道黑影令女生花容失色，然后，就没有然后了。况且男生宿舍还流传着这么一句话，"没打过狂犬疫苗的男生，都不算是外院的男生"。

但我们宿舍还是冒学校之大不韪养了一只野猫。

它就是我们的肥猫。

如果硬要交代肥猫的来头，请让我回想一下。那应该是某个初春的清晨，阴雨微寒，空气中带着一丝初恋般暧昧的气息。那个时候我们还沉浸在梦中不能自拔。但一阵阵如怨如诉的猫叫声还是把我们这几个耐得了闹铃的健康男青年给吵醒了。

带着扰人清梦者不得好死的怨恨,我拿起扫帚往床底一阵乱扫,没有往常的狼奔豕突,声音却断续依旧。我十分不耐烦地拨开床底的杂物,赫然发现一窝猫!哦,准确地说,是没有母猫看护的四只被遗弃的幼猫。那时,肥猫蜷缩其中,如同任何生物小时候一样,娇羞得可爱。

让我们直接跳过几个大男人如何一把屎一把尿地把肥猫拉扯大这一环节,直接进入高潮。成年后的肥猫,已经完全丧失了作为一只野物以天为被以地为床的属性,而变得骄奢淫逸。在我的记忆里,那仍然是一个阴雨天,我们宿舍的人难得地都去上课了。我率先回来,打开灯,一惊,后退了小半步——发现下铺的床中央躺着一团巨大的生物,在卧姿风骚的肥猫近旁,还自带一摊触目惊心的水渍,散发出一股猫科动物的独特气味。我大笑三声,做出了致电床主的愉快决定。

至今,那一幕武松打虎仍历历在目。

而作为一只静若瘫痪、动若癫痫的肥猫,唯有死不悔改才能彰显其格调。于是在某个月黑风高的夜晚,需要夜宵的它身手矫健地把隔壁宿舍养的宠物仓鼠给一窝端了。为此付出的代价是额头上多了一个"王"字。对于养猫者来说,最恼人的无疑是猫叫春。在它永不停息的哀叫声中,我们整夜不得安睡,以至于夜夜上演男同学手执扫帚,咬牙切齿出门去,痛不欲生杀还来的盛况。那时候不知道,四年原来比长夜还长。

肥猫有一大好处,不记仇。

山下的老校区旧宿舍有鼠患。门前虽然野猫众多,但它们却能像Tom和Jerry(汤姆和杰瑞)一样没事玩玩你追我赶的和谐游戏。猫大概早已丧失了抓鼠的本能,因为它们压根儿不愁吃。那阵子我们宿舍里的网线被咬烂,零食被糟践,我们买来灭鼠药灭鼠夹也只是自食其果——第二天被咬得更惨。肥猫之无用,已经让一帮手无缚鼠之力的男人们侧目。直到某一天清晨,它霍然躺在宿舍门外,身后陈尸三只硕鼠。

肥猫舔舔毛,丢下老鼠扬长而去。如此姿态无非是向一帮养父证明:1.它是有用的。2.它不但有用,也是需要赞美的。

自此,肥猫只为我们宿舍服务,直至毕业,105鼠患全无。

自此,在无数个斗猫斗鼠斗人的日日夜夜,大学四年一晃而过。

毕业前最后一晚,如同四年里无数个相似的夜晚那样。那个晚上,我们宿舍六兄弟加上肥猫,都蹲坐在宿舍门前喝酒,喝一场宿舍的散伙酒。正太B君抱起在一旁吞咽着猫粮的肥猫,说:"兄弟啊,喝了这口酒,咱们就好聚好散。可能后会无期啦。"然后他狠灌了肥猫一口酒。肥猫"喵呜"一声挣脱,然后跑远了。

肥猫摇摇摆摆的背影就这样消失在我们视线里,那是我最后一次见到肥猫。我只记得当时气氛有点儿悲沉哀伤。

此生拜托了

狸狸是只流浪猫

◇江暖

狸狸是只流浪猫，我尾随着狸狸，走了很长一段路。

隐约中，我看见狸狸跳进了一家院子。细看，不错，它的确是进了那院子。于是，我急忙围绕着这排院子搜寻。狸狸没有出来。它为什么只进这个院子？也许它知道里面有吃的？也许这儿有它的好友？我这么想着，笑了。为我跟踪一只猫而笑。心里暗暗骂，一个傻女人。

我决定站在草丛中，等狸狸出来给它一个惊喜，然后跟着我一起回家。

眼睛盯着狸狸进去的院子不放，脑子里却像过电影一样，回忆起半年前狸狸和我初相识的情景。

狸狸初来我家，跟随着一群流浪猫，机警而强悍，争抢着吃我放在院子里的猫食。第一眼，我便记住了它。它是只狸猫，很显眼的是它半个身子的毛脱落了，浑身疙疙瘩瘩地长满了癣。抢食是很凶猛的，即便如此，我注意到它忧郁的眼神。尤其在它注视我的瞬间，没有恐惧，全是忧郁。我因此断定它不是流浪猫。

第二天，很早，它就自己先来了。我从窗户里往外看，它正狼吞虎咽吃着垃圾里面的骨头。我忙抓了一把猫粮给它，如此近距离，它竟一点儿不怕。它真不是流浪猫，可为什么加入了流浪队伍呢？被它主人遗弃了？我反复想着。

在喂了它一次后，它便不再走远，总是游离在我家屋子附近。我也就开始每日三餐喂它，还备了干净的清水。没几天工夫，只要我在屋前喊一声"狸狸"，它就不顾一切地赶来，蹲在地上仰着脸，严肃认真地看着我，像是在问，什么事？

那段时间，狸狸病得很厉害。它全身长满了癣，剧痒难耐，一刻也无法安宁：时时刻刻不停地用嘴，用爪子挠着，咬着。最最要紧的，是它的忧郁。每每看到它这副样子，我总是感觉特别揪心。狸狸寸步不离地守在我家门口，不知是从哪天开始的了。早上我一出卧室，大门的玻璃外便是它小小的身影。一直到很晚很晚，我在进卧室前，会关掉所有的灯，看外面月光照耀下，一个小小身影映在大门的玻璃上。它的姿势永远是面朝屋里，脑袋随着在屋里移动的我而动。

一晚，我在床上看书，看得有些累了，起身出去拿水。出了卧室，一眼便看到门外那小小的身影，姿势依旧，一动未动。夜已经很深了。狸狸始终守候在我家门口，守着，等着。陡地，我明白了，狸狸每天都是这样等着，一整夜，一整夜的。

是我家引起了狸狸对家的回忆吗，以至于它那么专注而忧郁？

狸狸默默无语，却片刻不肯离去，静静守候着我家，往屋里深情地凝视着，和原来混在一群流浪者里时大不一样。

此生拜托了

我让它进了屋。狸狸显示出对家的熟悉。它毫不犹豫地上了沙发，稳当地趴下，用家猫惯常的目光审视屋里的一切。它与我家原有的陶陶、悦悦、黄黄和谐得不能再和谐。我知道，虽说我家猫猫都很有教养地接受了它，但，狸狸用尽了忍耐。它不争抢吃的，也不争抢睡的地方。更为酸楚的是，我家那三只猫戏耍打闹时，狸狸只能站在一边静静地看着。它还要忍受那三只猫的不理睬。这似乎很残酷。

狸狸更忧郁了，显见它原来的家不是这样的。

那么，狸狸原来的家，原来的主人是什么样呢？每每想起狸狸原来的家，原来的主人，我便会陷入深思。

对于治病，狸狸是相当顺从，给予了无限的配合。无论是打针、吃药、洗澡、抹药，它都一声不吭。即便这样，两周后，狸狸的病情也未见好转。

我开始上网寻求资料，必须从理论上了解这种猫病。

和人一样，表面上看这是皮肤出了问题，是真菌在作怪，其实深究起来，是身体缺少B族维生素，缺少与阳光合成的钙，当然阳光中的紫外线也是可以杀死真菌的。动物对B族维生素缺乏，是食物中营养的极度匮乏所致。

由此，我断定，狸狸的病是在它原来的家生的。它家住房不宽敞，空气不流通。流浪猫不会缺少阳光。食物中缺少营养物质，又被真菌侵犯。生病后，也治疗过（可以看到脱毛的表面变色，是涂药的结果），终没见好。也许它的主人没有耐心了，把它扔到远远的这个地方来。

在给狸狸治疗的过程中，我累积了许多经验。比如，往它身上喷药水，一味地喷是不行的，第一，猫听见那声音恐惧，会全身挣扎；第二，渗透性不好，可以接触到癣上的药太少，不会起作用。

我发明了一种方法，戴上一次性手套，把药水倒入小杯子，用药棉蘸透药水，轻轻地把手指伸进它的毛里擦。轻得像挠痒痒，狸狸常常会舒服得睡着了。

另外还要放在笼子里晒太阳，每天晒三个小时以上。

两个月后，狸狸康复了。医生说，这是奇迹。医生还说，这猫配合得真好。

在狸狸开始随意进出以后，我发现了它的一个秘密：狸狸每天黄昏时要失踪。失踪的时间长短没有规律，但大都在近傍晚时分。回来时并不叫门，只是漫不经心地在门外趴着。当我开门示意它进屋，它才慢慢起身迈着猫步，不急不忙走进屋。

我伸手去抚摸它，它稍稍躲开。几次后我惊讶，这是为什么？每次失踪后再回来就这样不肯与我亲近？

于是，也就有了跟踪狸狸的这一幕……我站在通往农家旧院子的草丛里，等待狸狸回来。夜幕就要降临，我开始来回走动，心中有些急。这时，一辆手推车远远过来，我忙迎上去。推车的是一位六十多岁的男人，以为我要找人，就问："你找谁家？"我指着狸狸进去的院子问："那家原来的主人搬哪儿去了？"

那男人笑了，说："那院子里的人没搬走啊。"

"啊？没搬走？还有人住着？"

"是啊。"

"是什么人哪？还住在这快塌的房子里？"

"是位老人家。快八十岁了，孤寡老太太，盖不起新房了。"

我听了，呆住，半晌，才向已经走远的手推车喊："她怎么不去养老院？"

很远的地方传来回声:"她不愿意去……"夜晚,很静,这句话语传出去很远很远……

狸狸病好了,就每天来看她。给它孤寂的主人带来喜悦。

我又下意识地看了一眼那院子,那个狸狸原来的家,里面住着狸狸原来的主人。然后,我转身回家。

走了几步,我又回头看,希望狸狸尾随在我身后。可是狸狸并没有出来……

世间总有一只猫，教会你成长

◇雷文科

失恋后即将独自跨入第三个年头，我去见了一次萌萌。

认识我的朋友知道，萌萌是我和前任养过的一只猫。很多小情侣在感情隐隐约约出现危机或者生活乏味的时候，都会去养一只猫狗之类的宠物，宠物就像自己的新生儿，即使哪天吵架分手，也会因为无法割舍下宠物，重归于好。

好吧，说实话，当时我也是这么想的。

猫是前任非要养的，在此之前，我更喜欢狗，一丁点儿也不喜欢猫，总觉得猫高冷得不近人情，养不亲，任凭你每天给它铲屎、喂食、洗澡，它仍然只把你当成一只巨型的笨蛋而已。

我们打车穿越整个城市，去住在郊区的宠物主人家挑选小猫，一窝乳臭未干的小猫分散躲在房间的每个角落里，用怯怯的眼神张望我们，再怎么召唤，也不肯出来。唯独萌萌，从角落里悠然自得地走出来，乖乖地钻进我们带来的纸箱子里，一动不动地蜷缩着，用清澈如水的眼神看着我们，像是在说，带我走吧。

所以一开始我就断定，我们是有缘的。

萌萌还不到一岁的时候，我失恋了，无非是异地恋最终败给了时间、距离与新欢。

前任什么也没来拿走，包括萌萌。屋子里都是一起住过的痕迹，很多东西都是成双成对的：门口是两双一模一样的拖鞋；洗漱台的两支牙刷依然紧紧挨着，保持亲昵的关系；床头的两个枕头排列整齐。我把属于前任的东西全部收起来，藏在衣柜里，至少让屋子里一眼看上去不至于那么物是人非。

只有萌萌，依然若无其事地在屋子里走来走去，时而打翻桌子上的牛奶杯，时而凑到我大腿上躺着，用冷漠的眼神不屑一顾地盯着我，时而失心疯地狂抓布艺沙发，前任的离开，于它而言，没有任何影响。无非我难过的时候，会强硬地将它搂在怀里，痛哭一场，任凭它怎么用力挣扎也挣不脱；心烦的时候，看到它不在砂盆里拉屎，于是以此为理由痛打它几下，打完之后，又悔恨又难受。

有一天我躲在被窝里哭泣，萌萌突然钻进被窝，紧紧贴在我的胸口上，一双清澈的眼睛默默注视着我，很是深情忧伤的样子，那是我第一次发现，原来这只平日里总是被我骂"蠢"的猫，也是懂人心的。

从没想过，是一只不会讲话的猫，陪我在深夜里目不转睛且深情地看沉闷的文艺电影，看到情浓如水之时，甚至能在它抬头仰望的眼眸里，看到一丝晶莹剔透的东西，我宁愿相信，它也是能看懂的。做好食物，一人一猫，我吃着饭，它吃着猫粮与鱼罐头，吃着吃着，又把头凑到我的碗里。在没有空调的寒冷夜里，抱着它入被窝，以彼此的体温互相取暖。人生中最难挨的一段时光，我是这样度过的。这些默不作声的陪伴,远胜过千军万马的誓言。是它教会我,如何在低迷沉着的时光里宠辱不惊。

夏天来临前,萌萌开始第一次换毛。换毛是一件令人焦头烂额并且手足无措的事,我不是个有洁癖的人,可还是忍受不了出门时衣服上永远有摘不完的毛,空气里到处飘着柳絮般的毛,房间永远打扫不干净,有时候喝水,喝着喝着也能喝到几根毛。

朋友来家里玩,怂恿我说:"干脆把它剃光吧。"

可我不愿看到萌萌被剃光了毛以后丑陋的样子。我记得接它回家的那天,我特别严肃地对前任说:"既然你要养,这期间无论发生什么事,一定要陪伴它走完它十几年短暂的一生,我们要给它足够多的陪伴、爱以及无忧无虑。"幸而它天生高冷孤独爱寂寞,不需要过多的陪伴和爱,我能给的,就只有让它活得更自由,想睡觉的时候躺在落地窗的阳光底下沉睡,想疯的时候任凭它在狭小的房间里跑来跑去,想磨牙的时候随意撕咬沙发和窗帘,吃最好的粮,睡最好的床,在我的世界里做一只上天入地的女王。

我不曾想过要与它分离,直到去年有一段时间身体很不好,去医院体检出来,捏着写满各项数据的体检报告,医生建议不要再养任何宠物。那份体检书,不像是对我身体的判决书,更像是对我和萌萌的诀别书。

坐在人流穿行的街头,想了许久,最终还是熟稔地拨通了前任的手机号码,电话那头的前任只是冷冰冰地问了句:"有事?"

"你把萌萌接回去养吧。"

而前任却以为我只是以萌萌作为想要复合的借口,匆匆忙忙挂了电话。我当然知道,前任只是不想因为我的重新闯入,影响现有的感情。

此生拜托了

当初说过形形色色的情话，许过温柔缠绵的诺言，都没能敌得过最真实的时间。我能想到两个人最坏的结局，无非就是沦为彼此的陌生人，但陌生人至少在撞见的时候，依然会说一句简单的"你好"。

于是一气之下重新给萌萌物色新主人，新主人是一个朋友的妹妹，老师，教法语和英语，早餐会自己做金枪鱼三明治，是个热爱生活的人。来接萌萌的时候，她双膝跪在地上，把脸趴在地板上，轻声细语逗萌萌玩。

那一刻我知道，这个人会替我继续爱它。

萌萌被接走后，屋子里突然清静落寞得不像话。我看着地板上被它刚刚玩过的一只皮球，停止滚动，在角落里死去一般，炙热的空气里到处飘浮着萌萌的毛，渐渐落下，终于泪流不止。

朋友在半路上打电话问我："你没有哭吧？"

我强忍着笑出声来："我怎么可能为一只讨厌得要命的猫哭？"

其实已经哭得稀里哗啦。

这一年快结束的时候，我很想萌萌，于是带着猫粮和玩具去朋友的工作室看它，萌萌年前生过三只宝宝，比以前更肥，比以前温驯，只是不再认得我，好不容易抱住它，立刻从我的怀里滑走。

也罢，这样萍与水的重逢，至少让我在离别以后的日子，都不会觉得那般残忍。

给猫一个家

◇柯志远

从台北飞到威斯康星的第一个冬天,因为思念我在台湾的大麦町,所以,我开始养猫。

我的头两只猫,都是领养来的,领养的时候,必须面试两次,还有笔试。猫是一种会妖法的家伙,至少,我就不知不觉被蛊惑了。一只两只三只,从报上领养的,远赴遥远的乡间去买的,总之,当我牵瓶拖罐往纽约搬家的时候,我有了五只猫。

形状不一,颜色各异,全部是我的家人。人世的际遇,计划永远赶不上变化,当某一年,我百般无奈,但实在不得不回台北述职的时候,反过来,最最割舍不下的,变成那五只猫。

我花钱在《村声》杂志上登了广告,也到格林威治村里贴了海报。

我在启事的内文留了电话,是用来预约安排面谈的,接下来整整一个星期,我的客厅热闹得要命,乖乖坐着给我盘问的,有大学教授，有专栏作家，有叫得出名字的时尚模特。

  我因为感动，又替猫儿感到欣慰，眼眶鼻头，经常都是红红的。

  "为什么想要养一只猫？"这是我开口问的第一个问题。

  其中，我最期待听到的是"我寂寞"，最害怕听到的是"天气冻啦！该进补啦！"广东同胞的"龙虎斗"名气响亮，就是猫肉煮的。

  可意外的是，这些面试者，口里的理由，才真是千奇百怪。

  有说是家里新改了壁纸，就缺一只红色的猫。甚至还有一个老爷爷，说是孙女儿的猫咪出车祸了，他偷偷来找一只一模一样的，要去骗说小猫又从天堂回来了。

  我听得入神，不过多半都觉得怪怪的。

  最后仍是肤浅地以貌取人，挑那个衣裳雅致的，气质出众的，指甲干净的，这样的人抱着我家猫猫，镜头才相称嘛！

  至于那种眼有油光，怎么看都像老饕的，第一时间就打出去了。

  筛选再筛选，然后就要看人家的照片！

  真是觉得纽约人可爱，好慎重的一大沓相片，给我看这是厨房，这是阳台，这是小猫睡觉的角落，软软的通心草窝里面，会铺"小熊维尼"的暖被……

  说真的，人选都有了，我也没有什么不放心的。

  再来，轮到人家来对猫猫评头论足。

  我家的宝贝，幸好都是百分之百地上得了台面。

  第一个"雪儿"，一张浑圆的大脸，品种是"外国短毛猫"（Exotic Shorthair Cat），就是所谓的"加菲猫"，价钱挺贵。

全身雪白，没有一根杂毛，面试的那一天，我给她系了粉红色的缎带蝴蝶结。它从头到尾一动不动，直到我叫名字，它"喵呜"一声，客人才惊觉原来不是玩具。

"雪儿"，自然是最抢手的。

抱着送到门口，我说一句："It's time to say good-bye（该说再见了）。"眼泪不争气，就扑簌簌落了一地。

吓得那个白发老太太，拼命抱着我拍，还保证一定会经常给我寄照片。

"辛巴"是喜马拉雅猫，鼻尖尾端的色泽却是淡淡的，比较像手冢治虫版本的"小白狮王"，因此取了这个名字。卖相也是超好。

我把它托付给了一对外貌平凡但看起来温暖的情侣，料想他们的感情准能甜蜜长久，再美丽一点儿的人，那就不敢说了，分手以后，我的"辛巴"岂不遭殃？

"妲妲"是一只黑到只见两只金黄大眼珠的波斯猫，钝头肥脑，但就是黏人。

一个胖胖的日本女生，坐在地毯上看它，三分钟不言不语，一人一猫，就那样很诡异地安静对看。然后，女生"哇"一声哭了起来，猫也没给吓到，试探地去偎在她的膝盖旁边。

我猜不出其中有什么故事，但记得某出日本偶像剧里有这样的画面，笑一笑，就让她们去相依为命了。

"卡娃伊"的名字好听，其实凶到不行，动不动就横眉竖目，对谁都爱理不理。

当初领养回来，它硬是不吃不喝，在冰箱后头那样窄的隙缝中，躲了七天，我机关算尽，都骗不出它来。

此生拜托了

那天,一个穿短裤的大男生,随身还带着滑板,一不留神踩了在壁楼边打盹的她,"卡娃伊"回头一记"九阴白骨爪",哪有什么客气,当场在男生毛茸茸的小腿肚抓出几条血痕。男生痛叫一声以后,反应也怪,居然就盘腿坐到地上,嘻嘻哈哈地盯着它笑。

那只吃错药的猫,不知怎的转了性,或许觉得自己反应激烈有失风度,一步两步三步,哈!跑去肉麻地舔人家受伤的脚。

大男生一把将它搂进怀里,"卡娃伊"竟然没反抗,我想起"第六感生死恋"。会不会是阴阳相隔的恋人,来我的公寓重逢?

我想着想着,一背脊鸡皮疙瘩,慌慌忙忙地把他们请出门去。但看男生连笼子都不用,就把猫扛在肩头的背影,又感到心情美好得想吹口哨。

最后一个,是我的第一只猫"玛路可"(就是"樱桃小丸子"的日文名啦),它陪我最久,和我最亲。

几年前,因为功课太忙,草率地把它给了人,没想到它第二天就逃了回来,一身泥水和伤痕,在我的窗外躺着。

从此,我待它特别不同,简直疼到心坎里。

它的品种普通,是美国随处可见的虎斑短毛猫,但被我养得油光水滑,气派俨然,还是有好多人争着要它。

我犹豫着,做决定的时刻一拖再拖,终是舍不得又把它送出去。

到了最后的最后,上飞机的日子都到了,我千叮万嘱,把它给了房东森田太太。更把她儿子小吉米拉到一旁去耳提面命,在这里住了几年,这小子的秘密有太多落在我手上,警告他若是我家小丸子有什么闪失,他老爸会在一个小时内收到我洋洋洒洒的爆料邮件。

如此这般，我的猫猫，都去了新的家。

我漂洋过海回到台北，重新登上崭新的舞台。连托运的行李，陆陆续续，在几个星期内也都回来报到。看来，纽约是暂时去得远了。

就像许许多多在纽约生活过的人一样，那段辰光，就像宿醉不醒的酒，总是戒不掉，醒不了，反复酩酊，一有机会就要借故飞回去。

有时候会想：对于我的猫的思念，或许是眷恋纽约的记忆中，最理直气壮的一个理由，毕竟，那是活生生存在的一种缘分。

一直到我又豢养了几只猫，挨个为它们取了纽约猫猫相同的名字。一直到，我在台北的工作忙碌到无法再频繁飞回纽约，我，才逐渐淡了。

不再去打探它们好不好。

不再去追踪关心百老汇又上了什么风靡全城的戏。

不是感情不再忠诚，或是曾经美好的变得腻了旧了，而是人生的齿轮啊，那样不由分说地往前滚动，每转一圈，自有当时的关心，与精彩。

我的猫，有了新的家，就让它变成新家的猫吧！

现在的生活，寄托在现在的城市，这里的呼吸，就顺应这里的节奏与脉动吧！

至于，我和纽约的下次因缘，一切的一切，都等候发生了以后，再说吧！

第六章 相爱相杀,不离不弃

此生拜托了

父亲与阿郎

◇扬卡洛夫

小时候父亲养了条狗，一只大藏獒，是当年父亲的一个病人送给他的。

这狗看起来非常可怕，叫声低沉，肌肉结实，眼睛里充满坚毅，就像比利·海灵顿一样。

父亲非常喜欢它，给它起名叫巴瓦，就是"硬汉"的意思，说这是獒中之獒，每日悉心喂养。但谁知有一天却被投毒了，于是开始抽搐和呕吐，死之前都没嚎叫过一声，父亲把它按照人的规格天葬了。后来父亲又养过几条狗，都很忠诚，但因为最初那只大藏獒巴瓦太优秀了，这些狗也就纷纷送人了。

有一天我去外婆家跟表弟玩，外婆跟我说，仓库里有条狗，是外公在巴塘的一个亲戚送的，让我等父亲下班一块儿去瞧瞧。

我问外婆是什么狗，外婆说不知道，反正是名犬，我吵着要先给狗起名，外婆同意了，恰好当时电视里正在播发哥主演的《阿郎的故事》，我就给它取名叫阿郎。外婆问我这是什么意思，我说阿郎是一个勇士，最后玩赛车骑摩托撞死了，外婆说这算什么勇士，乡下也经常有牧民喝醉酒骑摩托撞死的。

父亲下班听说这件事后也很兴奋，径直跑向仓库，仓库的门缓缓拉开，阿郎就快出现了，我想应该也跟父亲的第一条狗一样威武雄壮，霸气十足。终于，我们见到了它的真身。

那凌乱的毛发、稀疏的胡楂、忧郁的眼神瞬间就把我吸引了，心想这到底是什么品种，难道是经过霍比特人改良的藏獒？我回头看了眼父亲，他的胡子在微微地颤动，巨大的失落下又带着气愤，就像希特勒想参观古斯塔夫巨炮，到了现场却只看到一门小山炮。

就这样他在远处观摩了一分钟后，回去吃晚饭了，外公执意要把狗送给父亲，说我家恰好缺一只看家犬，父亲碍于面子只好收下。

这狗的到来给我们家带来了非常大的变化。首先，父亲讨厌这只狗。其次，这狗也对父亲非常反感。于是演绎了一段恩怨情仇。

父亲原来收养过的狗都非常听话，即使在它们进食的时候拿走饭盆，也只是失落地看着。但阿郎不同，你要是敢抢饭盆，它就跟你拼命。父亲很不满，说要教训阿郎。一天阿郎正在享用午饭，父亲突然出现并把饭盆端走了，我和阿郎都惊呆了，阿郎迅速回过神来，龇着牙就冲向父亲。父亲早有准备，用拖把把子一甩就把阿郎甩了回来，然后双方陷入僵持。

阿郎大声吼："汪汪！"父亲大声回骂："再看我，我就把你吃掉！"在旁围观的小学二年级学生扬卡洛夫队长表示这是他八年来遇到过的最无聊的事情。

尽管父亲始终没能解决这个问题，但他俩的矛盾达到高潮还是在几个月后。

父亲在人民公园后街的花鸟市场里买了一只鹦鹉，非常漂亮，父亲也很喜欢。但有一天父亲喂完食后竟然忘关鸟笼了，于是母亲洗菜的时候看见阿郎在院子里叼着父亲的爱鸟快乐地奔跑。

父亲闻讯，找了一根短钢筋杀向阿郎，阿郎把鸟吐了出来。

父亲这次真的生气了，于是拿着钢筋把阿郎逼向角落里猛揍。但阿郎不愧是名犬，挨揍的时候也伺机反咬，场面异常精彩。

我站在台阶上，感觉自己就像来到古罗马斗兽场的罗马奴隶主，手里就差个爆米花了，看着斯巴达克斯与狮子搏斗，壮观极了！

战斗结束后，阿郎被揍得够呛，一瘸一拐跑进狗窝。父亲的小腿也被咬了一口，不得不去打针。这次战斗，虽然阿郎受伤严重，但父亲也损失惨重，算是打成了平手。

这以后双方都比较容忍，而母亲在这段时间跟阿郎建立了深厚的友谊。由于母亲经常偷偷给阿郎吃新鲜肉，阿郎知道感激，竟允许母亲动饭盆。后来阿郎在母亲的调教下学会了吃瓜子，还会吐壳。夏天还特爱吃西瓜，从不跟母亲龇牙。对于我，阿郎既不喜欢也不讨厌，只是把我当成其中一个主人。

大概五年级的时候，小舅舅来家里玩，他和父亲关系好，就在院子里打闹。阿郎在旁围观了一会儿，就几个箭步冲向舅舅，在他屁股上留下了"爱的牙印"。父亲又拿着棍子驱逐阿郎，由于知道阿郎在护主，父亲既感动又生气，但又不得不教训，而阿郎在做出了正确的判断后依然被打，委屈中带着愤怒，双方开始了第二场大战。

由于这个剧情太奇葩，过于爱恨交错，当时的我不是很能理解。直到后来看了CCTV-8（中央电视台电视剧频道）的几百集泰国电视连续剧才明白了其中的恩怨。这以后，阿郎和父亲的生活一直很纠结，父亲变得有点儿喜欢阿郎但是看不惯它的臭脾气，阿郎认定了父亲为主人但是只要有冲突必咬父亲。两者间达到了相爱相杀的最高境界。

从那以后，父亲跟阿郎达成了某种默契，父亲在家的时候阿郎就乖乖坐在院子里。父亲一出门阿郎就跑到屋里跟我们一块儿看电视嗑瓜子。有一天晚上下大雨，恰逢父亲出急诊，阿郎就大摇大摆地跑进客厅跟我们看电视，那时候我还太小，不敢驱逐它，母亲又纵容，它简直成了狗中高太尉。后来听到一声大门响，"高太尉"知道父亲回来了，就大摇大摆地走出客厅，在走廊里和父亲相互对视了一眼，就像西部牛仔要对决。

时间到了我读初二。有一次我放学回家，阿郎看见我就从台阶跳下来迎接，这个动作在养阿郎的七年时间里重复了数千回。但这次阿郎在台阶上摔倒了，父亲在后面叹了一口气说："阿郎老了。"

果然这一年里，阿郎身体开始老化，首先是得了白内障，根本看不清东西。后来阿郎走路也一瘸一拐了，好不容易撑到了我读初三，阿郎老得已经意识模糊了，走着走着就会撞到墙上，然后坐下来发呆。

这一年阿郎快十四岁，初三的一天清晨，我去狗舍看阿郎，阿郎躺在地上呼吸很微弱。我把父亲叫了过来，父亲把阿郎的头弄到怀里，阿郎一声不吭，一个小时后没有了呼吸。

父亲跟我说："这老东西还真是个狗中爷们儿。"父亲用车把阿郎载到天葬场天葬了，母亲在家里哭得很厉害。

此生拜托了

阿郎死后,家里也发生了变化。我们全家搬往西宁,两年后父亲也得癌症去世了。他走之前由于做了化疗并且抽走了腹腔里的积水,理应痛苦万分。但父亲没喊过一次,他最后要求母亲把他带去家乡天葬,并拒绝见我最后一面,回去时跟我说真正的男人从不喊疼!我笑着跟他分别。我父亲也在他两只爱犬附近的天葬台上天葬了。

大学毕业后,我才知道阿郎是什么品种,这家伙原来学名叫Tibetan Terrier(西藏梗犬),不是什么杂种犬,那个亲戚没有骗我们,阿郎真的是条名犬。

这下大事不好了

◇曾良君

一月的末尾,我正打算出门,一个气喘吁吁的身影出现在我面前,将我堵了个结结实实。"喏!给你!我要回去过年了!"一个笼子突然出现在我手里,"哦哦,还有这个,猫粮!"一小袋快要见底的猫粮也出现在我手里。

我脑海中一片空白,茫然地在街头站了约有三十秒钟,直至目送室友的背影渐渐消失在街道的拐角,我才想到将手里的笼子举起来,正面对着自己,里面一张好像刚刚挖过煤的毛茸茸的脸也凑过来看着我。咦,一只暹罗……

于是我又只好不辞辛苦地将它和它的笼子与猫粮提回去,回到屋子里一开猫箱,这只暹罗立刻就像撒泼的猴子,哦,不对,是脱缰的野马一般气势如虹、势如破竹地飞蹿到我的床上,随后又马不停蹄地拱到枕头底下,微微露出那张挖过煤的脸,圆溜溜的眼睛鸡贼地看着我。

此生拜托了

"你干什么?你出来,你洗过澡了吗?"我忧心忡忡地问道。它继续看着我,并没有回答。我将快要见底的猫粮递过去,露出虚假的微笑,和颜悦色道:"要吃猫粮啊?"

但是,这位挖煤的朋友并没有上当,我也只好悻悻然地扔下它去上课了。

傍晚,我抱着一大袋子猫粮,拎着一大袋子猫砂,带着两位好奇心不输猫的女同学一起回家了。

"嗯,它有点儿怕生,所以……"我解释的话还未说完,这位挖煤的朋友以迅雷不及掩耳之势从枕头底下蹿了出来,一个劈叉躺倒在地,四脚朝天翻开肚皮,短小的四肢拍打着空气,嚷道:"摸摸摸……"

于是两位女同学便啧啧称奇地摸了起来,真是不怕生啊,真是亲人啊……她们这样赞叹着。

啊……明明刚刚对我不是这样的……啊,朋友,这个世界上怎么有你这么无耻的猫啊?哪只猫第一次见人就翻开肚皮让人家摸啊?猫,我是见得多了,跟猫相处我是身经百战了,你老实说,你到底是不是一只猫?

但此刻没有人关心我的内心独白,大家都围着猫。刚挖过煤的朋友,毛茸茸的四肢在空气中胡乱扑腾,嘴里还在念叨着,摸摸摸摸摸摸摸……

于是大家就摸得更起劲了,一连摸了半个小时,女同学们才恋恋不舍地走掉,还不忘回头对这位朋友说:"有空再来看你啊!"

都没有人有空来看我的!真是气死人了!

女同学走了后,场面有点儿尴尬,猫也不再躺着了,一个骨碌翻了起来,看着我。我们对视了半晌,它又躺了下去,说道:"那你也摸摸……"

"不摸!"我冷酷地拒绝了它,说完扭头就走。猫小跑几步,横在我面前,"摸摸摸摸……"一叠声地喊道。

好吧,既然你那么坚持,我就勉为其难地蹲下摸了起来,毛茸茸的肚皮翻滚扭动着,配合地发出"咕噜咕噜"声,怎么那么容易开心……

也许是对陌生的环境比较好奇。当天晚上它疯狂乱窜到凌晨三点,猫砂里传来"哗啦哗啦"的声音,不一会儿猫屎的气味渐渐笼罩在整个房间,一会儿,它蹿到我肩膀上,用力拍打着我,喊道:"起来起来,铲屎去!"

于是,凌晨三点半,我,一个屈辱的人,在微弱的灯光下铲屎,眼角含泪,从未想过,自己会有这样的一天。

几天后,它在房东留下的电子琴的箱子上发现了新的乐趣,慢慢地将这个箱子咬出一个缺口来,而后将这些小纸片一片片叼到水碗里,每天早上我起来,等着我的都是一大碗纸箱碎片糨糊汤,这位朋友横在地上,滚来滚去,喊道:"口渴,要喝水水……"

我瞪它一眼,将糨糊倒了去换新水,回来后,我点着它的脑袋,警告道:"下次,你再敢把纸片叼到水碗里,我就会给你点儿颜色看看的。"

这位朋友不以为意地白了我一眼,喝水去了。

第二天,水碗里出现了我的钢笔,我刚花了8欧配的笔头已经被它咬得翘了起来,而这位朋友呢,趴在一边,露出一副"请君欣赏"的表情来。

"你过来。"我冲它招了招手,它不过来。"你过来,"我又喊道,"我们友好地谈一谈。"猫这才抖了抖爪子走了过来,它刚走过来,我便摁住它,奸笑道:"如果你真的这样想,那你就错了!"然后以拍皮球的频率将它揍了一顿。

我一松手,它就蹿到房间的另一头去,回过头来看着我,脸慢慢皱起来,从鼻子里发出一声"哼"来。哎哟,哎哟哟,了不起了,一只猫,会哼我!

来劲了,生气了,没地方可以去,一个人,啊不,一只猫发狠劲跑到猫砂盆里去待着了,趴在那里,搞得很有安全感一样。

过了半个小时,还不肯出来,我蹲在猫砂盆前,拉了拉它的前爪:"好嘞,朋友,别生气了,出来吧。"

哼,它把爪子拿开不理我。

我又拿了一根猫肉条过去:"吃肉条不?""不吃!"

我把肉条举过去,猫嗅了嗅,那张仿佛刚刚挖过煤的脸,露出了一种幸福的表情,舔了起来,很快咬住不肯松口了,两秒钟!半根吃完了!

"哎哎,你不是不吃吗?"我提醒道。

这位朋友一抬头愣住了,肉条还在嘴里,百口莫辩。它恼羞成怒,发狠又回猫砂盆里去了,趴在自己的大便上,很"安详"的样子。

我没理它,一会儿工夫,它带着满身的猫砂碎屑,开始在我的床上打滚……

第二天早上六点,我突然就醒了一下,头昏脑涨地开始摸手机看时间。这一动不要紧,猫醒了,它激动地看着我,在晾衣架上站起来,喊道:"你醒啦?来玩啊!"

"没有没有,你误会了,"我赶紧躺下去拉住被子盖着头,"我没醒我没醒!"我撕心裂肺地喊道。

"你醒了。"猫伸出爪子来摸我,一下一下,我被它摸醒了,看着它,它也看着我,继续摸。我说:"你有毛病啊,你一只猫干吗摸人类啊?人类不用摸的你知道吗?"

"要的要的。"猫说着继续摸,我把自己的脸埋进被子里,猫换了个角度,将爪子努力塞进来伸到我脸上继续摸。

到了九点,我忍无可忍跳起来,刷牙洗脸扫地,给它换水、开罐头。突然我前室友的短信又来了:我来接猫了,到了到了,就在你家楼下啊!

随后我的前室友风风火火地跑了进来,掂量着挖煤的朋友说:"我儿子真是重了不少啊。"我接过猫,将它塞在猫箱里,它在里面转了个圈躺下。

前室友背起猫,又风风火火地走了。

下午我出门上课时,发现门没关紧,下意识地觉得有一只黑黑的猫头马上要探出来了,一边跳过去赶紧关门,一边冲着空气喊了一句:"别出来!"

突然想到,这位挖煤的朋友已经走了。

世界上最坏的猫

◇苏更生

很多人都知道我养猫,也爱猫,但是这几天,我把苏松子狠狠揍了几顿。

说起来,小松是我的第一只猫,我和他相处,从一开始就不顺。是的,他个性偏执,刚来那会儿坚持要睡到床上,不让他上来,他就伸出那么细的爪子钩住床单,一步一步爬,再找个角落蜷起来,整晚叫唤。那时他才两个月大,固执的个性还未展现,我被奶猫软萌的外表所骗,任由他占据了家中的任何角落。几个月大的时候,松子还是喜欢跟我玩的,我给他买了很多玩具,几只都叫皮皮的布老鼠、会发光的橡皮球、带羽毛的逗猫棒,各式各样。他那时兴致勃勃,能追着我丢出的球来回跑。当然,他不是狗,不会把球衔回来,我也跟着来回跑,从这边丢到那边。我以为在温和快乐的氛围里成长起来的猫亲人、活泼,后来发现错得厉害。

第一次真正察觉他强硬,是在包子来后。那是我在炒豆胡同捡的流浪猫,带回家前去医院检查,发现有慢性鼻支,这病传染又腌臜。我把他隔离在阳台上三个月,每天喂食打扫消毒换药,终于好了。放包子进来那天,小松就绝食了。大概是包子流浪惯了,进门就在猫砂盆里不客气地尿了一泡。小松可能略有些蒙,但很快调整了策略,也不打架,直接靠在墙上绝食了。第一天我觉得还挺好玩,听说新猫进门,主人一定要表现得更喜欢旧猫些,这样他才不会吃醋,顺利接受外来者。

到了第二天、第三天,小松还是什么都不吃,仍然靠在墙上,呆呆睁着眼。我有些着急,觉得不对劲,直接抱着去医院,医生给他输了液,说是肠胃炎,可能是新猫气的。

回到家,我又把包子赶回了阳台上,小松这才开始喝点儿水。他年纪比包子小,又是我一手养大,两者间我做出了选择,在网上为包子找了个很好的领养人。加了对方微信,时不时要点儿照片来看。新的主人说,包子是他见过的最乖又有心计的猫,能吃能喝,喜欢跟人在一块儿,睡觉打呼噜,欺负原来的猫,不过新主人太喜欢他了,就把原来的猫送回老家养。再后来,包子因为急病,主人为他选择了安乐死。打最后一针前,他告诉了我。

送包子走的那天晚上,新主人来接,带着猫包,我给他装了碗、吃惯的猫粮、未吃完的营养膏、睡觉的小毯子,又啰里啰唆地说了一堆,最后还是把他送走了。回想起来,还是会有些不舍,倒不是埋怨小松,而是觉得,或许缘分如此,我只能跟小松在一起吧。

在一岁后,小松逐渐展露出成熟的个性,倔、沉默、坚持,如果他想吃零食,就会站在椅子旁,一直叫一直叫,叫到我受不了给他零食为止。大部分时候我都顺着他,在心烦或有稿子没写好的时候,我也会冲他大吼大叫,或者拿着衣架子追着他跑来跑去,让他快滚。四年前,我幼稚,不够有耐心,小松是我的第一只猫,为此吃了些苦头。

我总觉得小松的性格缺陷是因为我造成的,再也不对他很凶,绝不追赶或佯装打他。

可是这几天,我忍不住动手了,因为他长期在沙发上尿尿,我试过很多办法:换不同的猫砂,在沙发上喷某种气味的香氛,把晒干的橘子皮放在沙发垫旁,用抱枕把沙发完全盖起来……这些都没用,他仍然以两天一泡的速度尿在我的新沙发上,直到我已经想把这张沙扔了。就在我快绝望的时候,有个朋友告诉我,小松这么干,是因为他认为在家里,他是老大,是头猫,而我只是个两脚的、会走动的喂食、铲屎的大型动物(次等猫)。这种自我认知让小松做出了一系列不遵守规则的行为:乱尿,坚持要吃某种指定的食物,打人。

我朋友强调,"养不教,主人过"——我下定决心,决定打他六顿,如果这期间有所好转,就重新建立了家庭地位排序,也解决了他乱撒尿的困扰。

打到第三顿的时候,我就崩溃了。

之前他总是当着我的面,大摇大摆尿在沙发上,我也不阻止,或阻止不了,拿纸擦干净,换新的沙发套。前几天,他又尿的时候,我冲上去按住他,把头按在尿尿的那块,说:"你看,你都干了什么?我每天洗沙发很开心吗?"他明显不懂我的这种行为是为什么,激烈地反抗,我死死按住他的脚,打了他的头几次。那天小松反抗得很激烈,一直用后脚蹬我的手臂,划出了几道血痕,我还是狠狠地拍了他。第二次和第三次就容易多了。他知道我会为此生气,有了挨揍的心理准备,尿的时候很隐蔽,但还是被我发现了,把他揪到沙发上,再揍了两顿。被揍后,他躲在桌子底下,眯着双眼,像是要哭。

我和小松相处得不顺,让我后来和柏林相处得很好。说起来也是个意外,那一两年里,我捡过几只猫,短暂收留在家后,交给了新的主人,只有柏林,他奇怪地和小松能相处,于是我就把他留了下来。柏林是只好脾气的猫,一路发胖到了9千克。每晚睡觉前,我们有固定的游戏:他趴在我胸口上,头顶着我的下巴,让我给他挠头。我很喜欢柏林,这只姜黄色的小猫满足了我所有对猫的期待,但小松不是这样,他既不屑于满足我的期待,也不需要我。

有天我跟人抱怨小松,他说:"你怎么不把他扔掉呢?那么多很乖的流浪猫,你再捡一只回来不就行了?"——我大吃一惊,这是头脑中从未冒出过的想法,为什么不把他扔掉呢?——最简单的解释就是我爱他呀,这只不合作、不可爱、不喜欢我的小猫,我可是很爱他的。因为他,我才学会了尊重猫的意愿,适应了猫的规则,要把他扔了,那我会死掉的。

说起来,小松的妈妈是被扔掉的。他妈妈是只流浪猫,偶尔出现在一户人家里,怀孕的时候住了几个月,后来又半家养,半流浪了一两年。后来饲主搬家,带着她去了新房子。她受不了,还是想往外跑。饲主找了个别墅小区,把她放生了。那小区里有个十万平方米的大湖,里面养着很多黑天鹅,住在别墅里的人都很喜欢喂猫。饲主觉得她会过得不错。这些我都是后来才知道的,因缘巧合,我带着小松搬到了这个别墅区的隔壁社区,跟饲主成了邻居。

跟小松同窝出生的猫,我也去看过,他的哥哥和妹妹,在北锣鼓巷一间猫主题的咖啡馆打工。那地方我去过,很多看起来软而甜的妹子捧起猫咪的脸,一顿猛摸,又或者把睡着的猫从窝里拖出来。那里有十多只猫,小猫看起来惊恐极了,大猫都很冷漠,习惯了人群和搂抱,一副讨口饭吃不容易的样子。我很讨厌那间咖啡馆,他们兄妹看起来闷闷不乐。我心里致歉,不好意思啊,点背,我救不了你们。

这几年里,小松的妈妈失踪,又与兄弟姐妹失去了联系,他在这个世界上就只有我了。我怎么会把他扔掉呢?不会的。我会再打他三顿,然后,我们会一直在一起,就算他是这个世界上最坏的小猫,而我也不是个合格的主人呀,但是我只是想和小松,和柏林,永远在一起。

臭臭猫

◇陈禹峰

小时候，我和外公外婆住在一起。外婆是个俭省的人，掌握着一家人的生计，总是拎着菜篮，一大早去菜市场买菜，买回来的菜都便宜且新鲜。我是小孩子心性，贪玩贪热闹，便总是在不用上学的日子里，跟在外婆身后，去菜市场看热闹。

有一天，在菜市场的门口，遇见一个抱着纸盒，卖猫的妇人。

原来，是她家里养的一只通体雪白的猫下的崽儿，一共是六只。

说来也奇怪，六只小崽儿里，有五只都是随妈，清一色的白毛，挤在一起就像一大团棉花糖，而且还会动。还有一只，却是黑黑灰灰，不怎么好看的毛色。大约是因与众不同的丑陋，受了排挤，自己蜷在纸盒的另一角，也不动，且连头都不抬，只冷漠地蜷着，好不寂寞。

我一下子就迈不开腿，苦苦央求外婆，要买一只小白猫回家。

外婆一则拗不过我,二则家里的楼道确实也总有老鼠,便也询问了小猫的价钱。

妇人说:"白的五十一只;另外那只,二十。"

一奶同胞的六只小猫,和自己的兄弟姐妹相比,身价还不到一半。以当时的物价,五十并不算贵;但是以外婆的个性,可能觉得找那些养猫的邻居,随便抱一只小崽儿回来就行,根本免费,所以,她连二十都不想花。

和我纠缠了大半天,终于两个人各自退了一步,说好先去买菜,如果买完菜回来这些小猫还没卖完,就买一只回家。

于是,这一天的买菜,我觉得分外漫长——外婆一个劲儿地左逛右逛,故意拖延时间,我在旁边心急如焚。

总算买完了菜,回到市场门口一看,那妇人还在!但再往纸盒里一看,哪还有什么小白猫?就只剩下那只看起来浑身晦气、心灰意冷的小丑猫。

外婆一看,笑着问我说:"只剩下一只了,还要吗?"

我不高兴,赌气大声说:"这么丑,我才不要!"

也是奇怪,那只小丑猫听到我的话,竟抬头瞪了我一眼。浑圆幽黑的眼珠,还怪瘆人的。

外婆听了我的话,便拎着篮子要走。这时候那个妇人说话了:

"大婶,您看我在这儿蹲了半天也够可怜了,我也不是专门干这个的,确实家里也不富裕才拿这些小东西来换点儿钱,完了还得赶紧回去干活儿,我只收十块钱,这只猫就给您带走。"

外婆看似严厉俭省,实则宽厚善良。她最吃软不吃硬,一脸恻隐地仍然拿出二十块钱,换回了这只小丑猫。

我一肚子气,心想,谁要这只猫啊?为了报复,我自作主张给它起了个名字,就叫臭臭。本来我不喜欢它,光明正大觉得它臭!另外,"臭"也和"丑"谐音;我还因为自己的这点儿"才华",沾沾自喜了好久。

家里人倒也不恼,就这样把它养了起来。外公闲时喜欢钓鱼,原来家里没有猫,钓到的鱼,因为都很小,多半都不带回家,钓起来也是放回去,完全钓胜于鱼;后来有了臭臭,这些小鱼遭了殃,都成了它的口粮。

我跟外公义正词严地说:"带它回来是为了让它抓老鼠,你们这么宠着它,还专门给它钓鱼吃,它还抓什么老鼠?"

外公觉得奇怪又好笑:"你和这猫有什么过节儿,怎么还吃它的飞醋?"

我回答不上来,我就是不高兴。但这件事我没说错,整日给它喂鱼吃,它还抓哪门子的老鼠?楼道里鼠患依旧;可它臭臭倒好,每天等在外公钓鱼回家后放鱼篓的地方,悠悠地盯着那筐可怜的小鱼,等外公把鱼倒进它的饭盆,再悠闲轻松地大快朵颐。

自然,也没人和它抢,它比谁都惬意!我看它那副德行,总是气不打一处来;我还总想,当初它美丽的兄弟姐妹们,五只小白猫,不知道有没有它这样天天等着吃鱼的好命。

我开宗明义不喜欢这只猫,它也未必喜欢我。我每次遇见它,都觉得它特别高傲,总是非常冷漠地用斜眼瞟我,感觉特别不把我当回事儿,又不知道在得意个什么。于是我便更加讨厌它。

直到后来,外公胃病恶化,开始住院卧床。

首先他是不能钓鱼了,我心想这下丑猫没鱼吃了,叫你每天饭来张口吧。另外,如此养尊处优,短短两年它早已变成了一只肥猫,鱼没得吃了,谅你也抓不着老鼠。

此生拜托了

加上外公住在了医院,家里人忙着照顾他,更没人顾着臭臭。我以小人得志的心态,自告奋勇开始管理它的饮食。说是管理,不过是公报私仇,每天就是把一些剩饭剩菜,也学它一样斜着眼倒进它的饭盆。

说来猫也是有气性的动物,不然就是被宠坏了,我倒进去的那些食物,它居然从来不吃。它看到是我来喂它,连跳过来看一眼的欲望都没有,还是那副死样子,趴在柜子的一角,冷漠高傲地拿斜眼瞟我。

它不吃,我特别高兴,心想,不吃是吧?那就饿死你!

就这样过了一阵,我和它僵持着,它竟然瘦了不少——从前大鱼大肉地惯着,长得跟相扑选手似的,连动两步都费劲。现在虎落平阳,倒也神气不起来了,顺道还减了肥。

但是,突然从某天它就开始抓老鼠。

其实,没人能察觉到这个变化,连我也没有,我压根儿不觉得它有那个本事,但有一天我从医院回家打开门,在外公从前钓鱼回家放鱼篓的地方,蓦地看见一只肥硕无比的死老鼠。

我吓了一大跳,再一抬眼,就看到那只死猫以一种得胜归来的轻佻眼神瞪着我。

我气得张口就骂,也不管它懂不懂:"你有病吧?抓到老鼠吃掉啊,吃不完你咬死了别往家带啊!真是吓死人了!"

显然它没听懂,就算听懂了它也没有打算听我的,因为从那天开始,接二连三地,它就开始重复干这件神经的事,咬死了老鼠,自己不吃,拽回家里来,铺在外公从前放鱼篓的地方。

对这事,大家都很烦,我瞬间多了很多同盟,大家都一致说:"看来这猫是疯了,养不得了。"

但还得告诉老爷子一声，于是我抱着告状揭发检举控诉的心情，绘声绘色地去医院把这件事告诉了外公。我是添油加醋，生动夸张地叙述的，心想一旦讲完，外公肯定会嫌弃得不得了，甚至连听都不一定能听完，就得打发我回家把它给赶走。

但我没想到，外公听得痴了。我以为他心不在焉，想别的事情去了，只得轻轻唤他。

外公回过神来，眼眶却红了。我正在诧异，他缓缓开口说：

"你们也是不开眼，那只猫，长久地没有鱼吃，又看不见我，肯定是以为这家人大约遭了祸了，再也吃不起鱼。它知恩图报，虽然你一直苛待它，但它还是怕你挨饿，只好自己抓来老鼠放在原来放鱼的地方，来帮补你们的生计哪！"

我其实不愿意相信外公的话，但我又确实清楚，对于猫来说，没有什么比它亲自抓到的老鼠还要珍贵。我本来还奇怪为什么它好不容易克服蠢笨的体态，抓到老鼠还宁愿饿着自己不吃，原来它是要奉献。

从小到大我学过很多道理，但知恩图报这一则，是我憎恶了多年的，一只拜我所赐叫作臭臭的猫，它教给我的。

此生拜托了

感谢她，让我看清不离不弃的意义

◇佚名

那年冬天，我第一次领教上海的冷。下班后，我又一次饿着肚子打开房门——空荡的客厅里弥漫着和室外一样清冷的气息。也许就是那一刻，我忽然觉得，这所房子里面，应该有一条狗。

一条可以依偎取暖，并且在听到我开门的声音时，摇着尾巴欢天喜地地用眼神表示热烈欢迎的狗。

萝卜是在春天来到我身边的。她是德国牧羊犬，也就是电视上常常出现的，陪伴在警察叔叔身边协助追踪、安保工作的"黑背"。当她咧开嘴巴伸出舌头"呼哧呼哧"散热的时候，大大方方地露出一口尖齿獠牙。

我的手指搭在笼子边，第一次觉得这双因为从小练琴而比其他女孩大出好几圈的手，在她大黑脸的衬托之下，竟然如此白皙小巧。那种感觉很奇异，好像就因为这个不相干的念头，我忽然有种强烈的预感，我的世界会因为她而变得不一样。

萝卜很喜欢水，带她去宠物店洗澡的时候她总是很乖，店员一开始都有些畏惧她剽悍的品种和相貌，几分钟之后就发现她只是一只可以随意蹂躏的狗，洗澡、吹风、修理指甲，她都安安静静地坐在台子上享受，歪着头，善良的眼睛一直望着玻璃门外的我。

那一刻我忽然想起小时候去参加中学生乐团的训练，我爸也是这样，背着手站在训练室的玻璃门外，笑呵呵地看着我。

那种心情也许会有些差别吧——爸爸看我的神态里应该包含更多的期待和希望，而我对萝卜却没有过什么期待。然而，在殷殷的注视中，总有什么是相通的吧。

后来的许多故事让我无数次怀疑自己是不是被骗了。她又馋又懒，疯起来像打了两吨兴奋剂，曾经训练过的"坐、卧、随行"等科目的口令一个都不灵光，半小时就把我给她买的玩具都撕咬成碎片，喝水吃东西的时候非要趴在地上，伸出前爪把食盆搂在怀里，像个幼儿园没毕业的孩子，把地板都弄得脏兮兮的……

我无助地打电话给她曾经的训导员，得到的答复是，你们刚刚相处，你要给她立规矩啊……一个月以后，回家后见到满地狼藉，六神无主的我又打给他。

训导员终于说了实话：我觉得吧，什么人养什么狗，她是会和你变得越来越像的……是的，她变得和我越来越像。又或者说，是和真正的、独处的我越来越像。

我们常说动物是有灵性的。然而没有人能说清楚灵性究竟是什么。我们常常说人和人之间的相处需要时间来磨合，需要包容心，需要……然而条件再多，也未必能够心意相通。

半个月后的一个下雨天，我冒雨带她出去玩，她在草坪里踩得四肢爪子全是泥巴，我突发奇想决定在自己家里给她洗澡。

在我费劲地抱起她的上半身想要将她带进浴缸里时,几乎从来不吠叫的萝卜"汪"地低吼一声就挣扎着逃跑了,我一个不稳坐进浴缸,浑身湿透。

我明明因为公司的事疲惫不堪,还要冒雨带她出去玩,折腾得后背酸痛,看到她耍脾气的样子,不知怎的,我竟然对一条狗发起了火。她一动不动藏在沙发下,我吼累了,也就不再理她,转身回了卧室。

这时候我才发现语言有多么糟糕。我说我不会伤害你,她听不懂;她在沙发下想什么,我也永远不会知道。她饿了,消停了,就开始怯生生地看我,继而死皮赖脸地用自己的方式哄我。萝卜的心思很单纯,我却是一个很别扭的人。一点儿小事就开始让我审视我们之间的关系。

她不信任我,我又何尝信任她?我摸她的头的时候也总是轻柔的,从来不勉强;她开心的时候会咧开大嘴妄图含住我的手,我却总会条件反射地往后一缩;出门玩的时候总是把牵引绳牵得很紧,即使她很乖……当我信誓旦旦对朋友说"她不会乱跑,她不咬人"的时候,我自己又信了几分呢?

我终于愿意认认真真地看我自己的狗究竟是怎样的性格。

她很别扭。对其他的狗大多冷淡,无论其他小狗怎样对她吠叫挑衅,她都不屑一顾。

她也很好奇,爱冒险。萝卜极其热爱坐车兜风,见到开着的轿车门就想往里面钻,也不管是不是自家的座驾。喜欢把头伸出窗子,口水沿着窗子往下淌,像是晴天下了一场雨。

我曾经愧疚于自己去上班的时候将她独自留在家中一整天,愧疚于自己为了回家时候得到热烈欢迎而将她囚在这所冷冰冰的房子里，不过我很快就发现，在我离开之后她独自过得多么愉快。

她撕坏了我的沙发坐垫，拆过不知道多少卷卫生纸，站起身把爪子搭在厨房的台子边缘，舔干净所有的碗，咂摸遗留的滋味；她曾经把我准备晚上回家好好享用的大闸蟹吃了个干净，也不知道那笨拙的爪子和嘴巴是用什么方式将捆扎得紧实的麻绳解开……她总是有本事让我没法对她发火。

到了现在，又是一个冬天，我打开房门，照旧是冷冰冰的玄关、客厅，照旧没有被迎接——但是我知道，一定是她又干了什么坏事，在听到我开门的声音的时候，第一时间钻进沙发下，垂着头，耷拉着耳朵，做出一副"我知道错了"的姿态，态度诚恳，屡教不改。只等着我说一声"好了，出来吧"，她就会立刻钻出来，用笨拙的身躯热情地拥抱我。

我几乎忘记了养狗的初衷，也几乎忘记了，我们是怎么渐渐熟悉起来，渐渐同吃同住。她不再性子别扭，不再对我耍脾气，永远憨憨傻傻的；而我则习惯了对她唠唠叨叨，坐在地板上跟她玩拔河，从她恐怖的大嘴巴和尖齿之间伸手抢玩具和骨头，在带她去人烟稀少的乡村游玩的时候敢于解开牵引绳，也不怕她跑远，因为我知道只要我喊一声，她就会撒着欢地从无论多么遥远的地方奔向我。用最快的速度，最不设防的姿态，奔向我。

我们一起醒过来，一起伸懒腰，一起度过新的一天。一起爬过山，一起下过海，一起享受美食，一起玩iPad（苹果平板电脑）游戏，一起照相，一起看电影，如果电影里面有狗，她也会很开心。

我不知道她对我来说究竟是个怎样的存在。我不是习惯做狗妈妈的主人，要说是朋友，倒也有些牵强。

然而我从她身上看到了一个更好的自己。做事情不再只考虑自己，做决定、选择另一种生活的时候，我都会将她的未来纳入其中——我不知道，这算不算是一种不自私。这些自然比不上她的全然信赖，也比不上她的无私。和狗相处过的人，往往对人类有更好的要求。如果你也曾经感受过那种全然纯净、从不反悔、不求回报的依赖和爱。

　　她不会要求我对自己做出的决定做出解释，从来不会对我的悲伤愤怒感到手足无措，甚至不知道我姓甚名谁，是个小人物还是个明星，是不是被人嘲笑，是不是四处碰壁，是不是低到尘埃里。我只是那个只要一喊她的名字，就能让她飞奔回家的人。我是她的家人。

　　她从未要求我变得强大，然而每每想到她，我却愿意变得更强大。我因为给她提供吃住而成为她的主人。她却因为"主人"两个字，再不离开，哪怕我有一天无法再提供食物和住所，再也不符合"主人"的定义。

　　这样的矛盾。让我说不清，究竟我和她，哪一个才是真正被宠爱着的。

　　可是我感谢她。感谢她让我看清无私和不离不弃，究竟长着怎样的一副面孔。

一只不符合审美标准的猫

◇ 巩高峰

今天想来,那只猫显然是带着一身的预谋来到我家的。

在那之前,我家别说一只猫了,就连一盆花或者一株绿色植物都不许有。父亲的思维是有形状的,经是经,纬是纬,所以父亲不允许他条条框框的家里被有生命的东西打乱,因为活的东西我们控制不好。这是父亲的底线,一旦突破这种底线,父亲是要发大火的。

而那只猫个头偏小,毛色杂乱,眼珠子是黄褐色的。按照我的审美标准,在土猫的种群里它都算不上漂亮,相反,很丑。恶毒一点儿说,如果没人收养,它最后的归宿只能是流浪。而母亲把它当宝贝从路边抱了回来。

父亲愤怒的表现是他跑去办公室住了一个星期,在那些天里,母亲一直没给父亲做饭。我每天早上都能从母亲那里领到生活费,爱到哪家饭馆吃就去哪家饭馆吃。可是父亲呢,他从来都不知道自己每个月挣多少钱,当然,他身上也就没有钱。

父亲和母亲似乎就这样取得了一种平衡。而那只猫,在我家待了下来。

不过猫毕竟是猫,它不像人,有理智,懂得识趣,它不,它在短暂地适应了我家的地理情况之后,就开始了它的占领。它把屎尿拉在偏僻的角落——我父亲的书柜底下,然后本能地抓了抓地上的土,想盖上。但是我家哪来的土啊,倒是柜子底下有几堆书柜里放不下而父亲又觉得不够重要的书,于是猫只能在柜子底下那堆书里扒拉几下,也就算了。

这是它最大的罪证。别的都还好说,猫食它吃得很少,不存在浪费。它晚上活动白天睡觉,时间上和父亲也不冲突。但是这个罪证在猫做下三天或者是四天之后,被翻找一本书的父亲发现了。父亲已经两个多星期没跟母亲说话了,那天父亲跟母亲有了交流——父亲从母亲为猫精心侍弄的窝里一把抓住了猫的脖子,三两步就把猫拎到了母亲面前。猫把它黄褐色的眼睛瞪到最大,嘴张到最开,挣扎着的爪子几乎划到母亲的鼻子。父亲似乎是不屑于说明怎么回事儿,也不想说明,他把猫的惨状展示给母亲之后,来到窗前,顺手把猫从窗户扔了出去。

母亲连忙往门外扑。我闪身跟在母亲身后,也往楼下跑。

我听到了母亲"啊"的一声惊叫,那只猫挂在院子里一棵树的树枝上,摇摇欲坠。那天傍晚,太阳已经落山了,母亲仰着头一直用大大小小的惊叫提示着楼上的邻居怎么把猫解救下来。而父亲没有像我想象的那样漠然地回到他的书桌前,而是趴在窗口,一直看着。

也许是那一场劫难让猫有了记性,它开始变得越来越乖,它愿意每天把屎尿准确地排泄在母亲为它准备的垃圾筐里。它愿意只守在自己喜欢的阳台或者母亲的枕边，眯着眼，一动不动。即使是它在最壮年的时期，春天的来临让它骚动异常。偶尔母亲放纵它从阳台的小窗户跳出去玩，它也会乖乖地在天亮之前原路返回。

所以，猫的变化是让人欣慰的。但是，人的变化却让我摸不着头脑。

父亲开始接近这只猫了，这是最让我疑惑的。是父亲为自己曾经涂炭生灵而后悔了，还是他在补偿一个高级生物对一个低级生物犯下的错误？

而母亲，从那天傍晚把猫从树枝上解救下来之后，她和猫的距离好像渐渐远了。

母亲对猫的腻烦是有因可查的，那段时间我在准备高考，可是我一米七一的身高，体重却一直不能突破一百斤大关。于是，母亲整日都在家给我操弄着大补大疗的吃吃喝喝，可在题海里头昏脑涨的我当然不肯吃，就全便宜了那只猫。在那段时间里，可能全世界的猫都没我家那只猫的伙食好，母亲精挑细选补脑补血补身体的好东西全让它吃了。所以，它短时间内迅速把身体膨胀了一倍还多，以至于高考完了我都快抱不动它了。

也许就是这只猫不知好歹的肥胖，惹得母亲就此几乎不肯再看它一眼。连垃圾筐里的粪便都慢慢转由父亲负责倒掉。猫当然知道感恩，所以它的地盘慢慢从阳台和母亲的枕边转移到了父亲的书桌上。

后来，母亲对猫的态度已经是厌恶了，曾经不止一次把它抱出去送人，每次不是因为它的饭量太大了就是它丑陋的长相让新主人嫌弃，又退了回来。再后来，就变成了母亲送它出去，父亲跟在后面讨要回来。

　　如今，那只猫在父亲的罩护下俨然成了我家的第四口人。每每给父亲打电话，我都要问一问猫的情况：

　　"爸，家里那只猫怎么样了？该比我重了吧。"

　　父亲总呵呵一笑，说："还不错，但是你妈还是老想把它踢出去。它也老了，白天晚上都爱睡觉。当它想趴在键盘上睡觉时，我就看书；当它想趴在书上睡觉时，我就用键盘。"

黑猫

◇路心怡

我讨厌猫科动物，所以理所当然地讨厌这只猫。不过我还是得承认，这是我见过的最好看的一只猫，我不知道它的品种，只知道它背上披着光亮的黑色的皮毛，但脖颈到肚皮却是白色，经典的黑白，它从骨子里就优雅美丽。它还有一双琥珀色的眼睛，总是直直看着我，对于那个又小又顽劣的我来说或许我对它不是讨厌，而是一种惧怕，对黑色、对沉寂、对老者的惧怕。

小时候，邻居都是养狗看家，我不明白弟弟家为什么要养一只猫。它是在弟弟的妈妈——我的阿姨怀孕时到他们家的，它见证了我和弟弟前后相隔6个月出生，那时它也才1岁多。但它绝对不是我儿时的玩伴！我怎么也忘不了在一个明媚的下午，我在弟弟家与它面对面时，它胸前那被染红的毛和它嘴边垂出的那细细长长灰灰的一根时不时会甩动一下的东西，那是只老鼠的尾巴！那时我才三四岁,被吓哭了。孩子是健忘的,会忘记为什么哭,可是忘不了那深深的厌恶。

阿婆,也就是弟弟的奶奶总是夸它,那时小,也不敢反驳长辈的话,只是淡淡地在心里想这猫哪里好了!我介怀于它渐渐变成了一种习惯。

讨厌它那仿佛看穿一切的眼神,讨厌它总是会默默地跟在我和弟弟的身后。那时和别的孩子出去玩耍,他们都会带着自己家的狗狗出来,而我和弟弟身后跟的却是只猫,总让我觉得有些底气不足。在那些我最欢快、明媚的童年游戏场景中,它永远都在一旁,像个慵懒的女王伏在阳光之下,眯着眼睛,静静地却又紧紧地看着我和弟弟。

那时我顽劣至极,老是带着弟弟闯祸,且时常教弟弟编一些谎话来欺瞒大人。但孩子毕竟是孩子,谎话总是被当场戳穿。而更多的时候是闯祸当场就被抓住,而且几乎每次都是因为它偷偷跑回阿婆家,后来阿婆只要一看到它独自回了家,就明白我和弟弟又不知道在何处闯祸了,便开始四处寻我们,十有八九会抓到我们的小辫子。它越发地令我讨厌,因为在我看来我那时所受的责罚都是因为它的告密造成的。同时我也开始收敛,不再顽劣。

在10岁那年,我搬家了。彻彻底底远离了关于童年的一切。也包括它。我浅浅松了口气,终于可以再也不用看到那时时刻刻跟在我身后的黑影了。每次我做危险的事情、每次我撒谎时,我都会感到有个黑影在注视我,让我不得不放弃。

半年后,我去弟弟家一趟。我又一次看见了它。那是在初春,太阳极好,它蜷在弟弟家门口眯着眼假寐。它变胖了,弟弟说它老了,不怎么爱动了,自然就胖了些。它身旁摆放着几盆阿婆种的多肉植物，突然让我想起多年前阿婆说过的一句话"没想到这么好看的猫竟这般好养活"。是啊，这么多年来每日吃着一些剩饭就好，像极了好养活、有生命力的多肉植物。年老的它看起来还是这么优雅，或许是我挡住了它的阳光，它睁开眼睛，那双琥珀色的眸子就这样盯着我，目光有些涣散，在太阳下，好像笑了。

我从未这样认真、客观地看过它。它的毛发还是像以前那样油亮，真的是很漂亮。它好像很少发出声音，仔细想想，除了有次过家家时差点儿引发火灾之外就没有再怎么清晰地听过它"喵喵喵"地叫了。它大多数时候都轻手轻脚跟在我身边。它是只猫，但它也会做保护家园的事，会警惕陌生人。而当我看到它的肉垫时，便有一种酸涩涌上我心头，它到底跟着我和弟弟走了多少路！那应是粉嫩、柔软的肉垫，变得黑黑的、硬硬的，像伤疤一样附在它的爪子上，这些都是它一生走过的路留下的痕迹。

我13岁那年，阿婆说，它不见了。可能被人抓走了，也有可能是知道自己老了，便离去了。他们说，猫14岁相当于人72岁。

他们也说，猫有九条命。

而我，依旧不喜欢猫科动物。但我希望一直跟在我身后的它真的有九条命，陪伴另一个孩子一起出生、为他老去，老者不老、永生。

此生拜托了

猫的战争

◇沈睿

我家的两只猫是不共戴天的敌人，说她们不共戴天是因为这两只猫各有自己的领地，希娅的领地是厨房、饭厅、我的书房和壁炉间的大阅览室。希达的王国是楼上的卧室、凉台和房顶。楼下我们有一间小屋子，也就有十平方米左右，我们称之为"猫屋"，里面除猫的食物和猫的箱子——猫排泄用的特制的箱子，什么也没有，是一个专门供猫活动的房间。然而，希娅和希达是绝不会在一起活动的。她们不共戴天，老死不相往来。如果不小心，两只猫见了面，只要一见对方的影子，她们就低低地吼起来，好像马上就要冲过去厮杀。

我不明白她们是怎样结下这样的怨仇的，对她们之间的深仇大恨也不能彻底了然。希娅是一只极为漂亮的公主一样高贵的猫。她的体色是金黄的，也许因为她自觉高贵，很看不起希达。希达是一只斑纹猫，浅棕色毛发，黑色的斑纹，如一只英俊漂亮的小老虎。

希达也不买希娅的账，因为希达有特权——她晚上的时候会跑到我们的床上，跟我们一起躺在床上睡觉。希达一定觉得我们更偏爱她，不然，她怎么能享有这个特权？因此对希娅很看不起。

和两只互相看不起的猫生活在同一所房子内，我不仅生活在人的关系里，也生活在和动物的关系里啊。

希娅是一只热爱书和报纸的猫，因为她最喜欢的地方是我的书房，最喜欢躺下来的地方是我的电脑前的书上或者我读的报纸上。只要我早晨一进书房，她就尾随我进来，跳到书桌上，在电脑前坐下来。我电脑前总是放着打开的书，所以，她就一屁股坐在书上。当我查看电子邮件、写信时，她就仔细看电脑屏幕，似乎在看是谁给我写来了信，或者是我在写什么。我有时会问她："希娅，你看懂了吗？"她回头看看我："喵。"看来是看懂了。

有时我会说："希娅，你太烦人了，能不能躲开点儿？我在忙。"我抱起她来，把她放到地板上："你出去玩去，这里不是你待的地方。"她抖动毛发，伸伸腰，跳到椅子上，又跳到靠窗的书台上，向外瞭望，坐在那里，看外面的风景。她坐在那里看外面的风景，可以看几个小时。我觉得自己似乎每天都和希娅讨价还价，请她坐到别处去，不要在我的书上坐着，妨碍我看书。后来我决定早晨的时候把希娅关在门外，不让她进来捣乱。

希娅看我从厨房端着咖啡进书房，早就在门口等了。我一开门，她就溜进来。我把咖啡放下，把她抱出去，放到门外。希娅明白这天我对她不欢迎，她立刻抖动身体，跑到壁炉旁的粗木凳子旁，用两只前爪挠起凳子的腿来，一面表示她不在乎被轰出来的尴尬，一面好像在想办法对付今天不欢迎她的我。

我暗笑，觉得她鬼心眼儿太多，把门关上，坐到我的桌子前。

一会儿，门悄悄地开了，希娅进来了，她好像侦察好久了，等我读书读得专心时，不动声色地进来，我会懒得和她搏斗，就随她去了。她终于成功了，躺在一沓我的资料上，睡一个小觉。有时，她轻微的鼾声让我吃惊，她睡得那么甜，好像一个小觉就是生命的全部享受。谁会打扰一只甜睡中的猫呢？

希娅大概是天生跟我缠在一起的猫，我和她的厮磨，天天发生，我们两个都习以为常，并以此为乐。

希达和希娅不一样。希达是一只非常渴望爱抚的猫，要求人时时刻刻地爱抚她。她最喜欢坐在人的手边，舔人的手，乞求人抚摸她。如果你的手不爱抚她，她会生气，撞你的手。

一天早晨，我被希达袭击而醒，原来她用她的头狠狠地撞我的手，要我爱抚她。我睁开眼睛，大惊失色，说："你疯啦？我睡觉呢。"希达不理会我的抗议，继续冲击我的手。我没办法，只好爱抚她，她顿时温柔起来，一副媚态。

有时下雨天，我们不起床，躺在床上，听雨声，聊天，希达也在床上，非要我们抚摸她不可。她喵喵地叫着，好像是在说，我需要爱，需要爱抚。我佯装愤怒地说，她和我抢夺爱情，而且她总是赢，因为她很媚人，连我也爱上了她。希达喜欢和人用语言交谈。我们两个之间，用不同声调的"喵"来交谈。如果"喵"声长而柔和，是"你好吗？我爱你"。如果"喵"声直接，语调平和，是"饿了吗？吃饭吗？"如果短促，尖厉，是"一边待着去，我烦着呢。"

夏天的时候，希达喜欢站在房顶上，四处瞭望。冬天，她就躺在床上，除了下楼吃饭上厕所，她几乎不下床，好像一位懒惰的、娇贵的太太。

一次，她误进了书房，看到我在那里，很不自然。但是她没有掉头就走，反而跳上了书架。我的书房有一面墙是钉在墙上的书架。希达在书架上走来走去，从一层跳上另一层，俨然一只小老虎在山间昂然漫步。我看见她发亮的浅棕色的皮毛，那双绿色的眼睛巡视左右，惊呆了。

虽然希达渴望爱抚，我不知为什么觉得希达是一只更孤独的猫。她有点儿害怕家中的狗，如果看到狗在楼下，她就不下楼吃饭。我必须把狗带走，她才下来。我们平时除了睡觉，一般不上楼，希达就在楼上待着，一待一天，没有和人交流的机会。难怪她那么强烈地要求我们抚摸她。

一天，希娅跟在我身后上楼来了。希达从窗外看见了希娅，特别是看到希娅跳到了床上，立刻变得怒不可遏，大声地吼叫着，好像要从窗子外跳进窗子里，和希娅血战。希娅也不屈服，大声地吼叫起来，好像准备跟希达决一死战。

我连忙把希娅抓起来，带到楼下去，才避免了一场战争。希达偶尔会从房子外的楼梯下楼，进起居室，再走过洗衣间，下楼梯，到猫的房间去解决吃喝拉撒问题。我几次看到希达从起居室进来，她都警觉地查看，看希娅是否在那里。其实，希娅从来不到起居室去，希达不必那么小心谨慎，但是，希达从来都不掉以轻心。她戒备防范得非常严密。

希娅和希达偶尔也有互相尊重的时刻。希娅喜欢看园子的鸟，经常在房子后门的回廊上坐着看鸟。希达在房顶上看风景，看到希娅欣赏园子的景色，也就不去理会希娅。我看见她们两个距离不是很远，但也不是很近，相安无事，尊重个人的消闲时刻，也很惊异。在不侵犯个人领域的原则上，她们还是互相尊重的。

此生拜托了

从什么时候起她们结成了仇人？没有人知道。猫是这样的动物，如果它们第一眼不喜欢彼此，它们永远也不会喜欢彼此，也不会结伴玩耍。如果它们喜欢彼此，它们就成了终生的朋友。

希娅和希达，她们不共戴天，同住在一个屋檐下，犹如两姐妹，多年心存芥蒂，已成陌路，又犹如两个老情敌，互相提防，视对方为异己。虽然两只猫吃同样的饭，用同一个厕所，她们决不妥协，决不交流，大概要持续这样的战争状态到她们生命结束的那天。

比心
Bi Xin

告白的书

《意林》编辑部 编

万水千山就当是伏笔，
总会遇到姗姗来迟的你。
我们一起，收获爱！

《意林》编辑部精心烹制的美味爱情，
咬一口，满满的都是青春的味道！

随书附赠
精美"告白签"一套

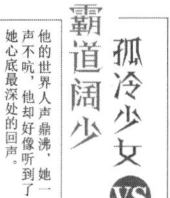

孤冷少女 VS 霸道阔少

他的世界人声鼎沸，她一声不吭，他却好像听到了她心底最深处的回声。

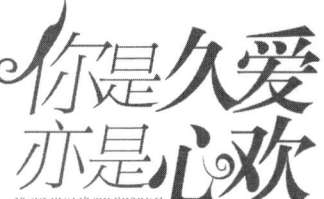

你是久爱亦是心欢
NI SHI JIU AI YI SHI XINHUAN

米炎凉 作品

 有趣点 有爆点
 有槽点 有搞笑
 有背叛 有诡计
 有喜悦 有煎熬

可能含有诱惑性内容 / 可能令你心碎 / 可能让你乐不思蜀

他爱着她，
成为她坚硬的盔甲。
她爱上他，
只为利用他查明父亲死亡之谜。
当一切尘埃落定，
他们会有怎样的结局？

从平凡少女到知名女沙画家
一路泥泞，一腔孤勇

编辑部试读，好评如潮

2017年6月震撼上市　定价：32.8元

你是年少的欢喜

吾玉 著

《百鬼潭》（又名《百灵潭》）作者 古风作者 吾玉
都市轻风之作

民国二十一年的公交车里，一本《资治通鉴》穿越了时光。付远之遇见的是叶梦妤还是许静仪？是误会还是戏弄？她能得到他的原谅吗？

定价：29.80元

那个神秘的愉宣小姐

苏缠绵 著

古风才女 苏缠绵
青春心理治愈小说

《意林》告白的书 浪漫延续

人气写手 倾心力作
你想看的恋爱秘密

定价：32.80元

一次亲情伤痛造成的人格分裂 一场治愈并守护爱情的计划 是杀死，还是守护 神秘小姐的背后 究竟隐藏着什么秘密

随书附赠《真心话大冒险》飞行棋 精美卡牌 趣味互动

意林精品图书推荐

"告白的书"系列

《我不愿让你一个人走过青春的荒芜》
简介：95后模特级作者谢宁远写给你的告白书。十五篇故事，是告白，亦是陪伴。
定价：29.80元

《对方正在输入中》
简介：那些爱与被爱的故事。年少时的懵懂情感，成熟后的感人至深；是心头的一枚朱砂痣。
定价：29.80元

《你是年少的欢喜，喜欢的少年是你》
简介：古风天后吾玉，初涉现代爱情，打造都市轻风之作。
定价：29.80元

《从此晚安我自己》
简介：95后男神作者何家豪青春成人礼童话，将这16个故事，说给长成大人的你！
定价：29.80元

"多味之恋"系列

《别来无恙，我的小初恋》
简介：作家沈嘉柯暖心力作，陪你一起挥别青春，再出发。
定价：29.80元

《喜欢你这句话，我憋住了整个青春》
简介：数十篇青春伤感故事，带你领略成长、青春、爱恋的阴晴圆缺。
定价：29.80元

《遇见你，就是最对的时候》
简介：青罗扇子、周德东等作家用文字演绎纸上电影。时光远去，我们永远青春。
定价：29.80元

《我记得你说过的每句美好》
简介：独木舟、夏七夕、七微等名家用真挚的笔触探究青春的色彩。
定价：29.80元

"深夜暖心"系列

《这世间所有的纸短情长》
简介：织梦人张芸欣在深夜为你点一炉青莲之香，寻找渐渐远去的青春与年少。
定价：29.80元

《世界那么大，命中注定遇见你》
简介：每个人都会接触形形色色的人，又会和一些人聚聚散散，马叛说：这些柜遇都是命中注定。
定价：29.80元

《我不怀念你，我只怀念你的往昔》
简介：继《左耳》之后深入骨髓的疼痛青春，每个人都可以在她的故事中找到原始的自己。
定价：29.80元

《花与巡夜人》
简介：国内一本填色减压故事书，抚触你的心灵，治愈现代人的都市病症。
定价：36.90元

"十八而志"系列

《少年从不等风来》
简介：关于年轻人的追梦故事，他们用自己的特立独行，创造属于自己的天地。
定价：29.80元

《你的人生不需要别人点赞》
简介：大人物从这里起步，成就了王圣的人生。数百篇故事告诉你成功者的秘密。
定价：29.80元

《逆光飞翔，微芒盛放》
简介：名人的磨难被晾晒成坚强，带给你十八而志的青春励志的正能量。
定价：29.80元

《像明星一样去战斗》
简介：数十位明星的奋斗史。逆袭背后，都是平凡生活中的伟大梦想。
定价：29.80元

"初心讲义"系列

《把你所有的不安交给我来暖》
简介：117个如同心灵拥抱的故事。
定价：29.80元

《所有人的坚强，都是柔软生的茧》
简介：玻璃心的朋友们，看这里！100个含泪奔跑的人生故事。125个含泪奔跑的人生故事。
定价：29.80元

《生命中除了爱，其他都是行李》
简介：讲给你听，召唤小确幸的111个故事。
定价：29.80元

《都道初心不可负，而初心是何物》
简介：133个初心故事，既有明星大家，又有平凡人物，从故事里闪耀初心的光芒。
定价：29.80元

意林精品图书推荐

"告白的书"系列

《我不愿让你一个人走过青春的荒芜》
简介：95后模特超级作者谢宁远写给你的告白书。十五篇故事，是告白，亦是陪伴。
定价：29.80元

《对方正在输入中》
简介：那些爱与被爱的故事。年少时的懵懂酸涩，成熟后的感人至深；是心头的一枚朱砂痣。
定价：29.80元

《你是年少的欢喜，喜欢的少年是你》
简介：古风天后昔玉、初涉现代爱情，打造都市轻风之作。
定价：29.80元

《从此晚安我自己》
简介：95后男神作者何家豪青春成人礼童话，将这16个故事，说给长成大人的你！
定价：29.80元

"多味之恋"系列

《别来无恙，我的小初恋》
简介：作家沈蕓柯爆心力作，陪你一起挥别青春，再出发。
定价：29.80元

《喜欢你这句话，我憋住了整个青春》
简介：数十篇青春伤感故事，带你领略成长、青春、爱恋的阴晴圆缺。
定价：29.80元

《遇见你，就是最对的时候》
简介：青罗扇子、周德东等作家用文字演绎纸上电影。时光远去，我们永远青春。
定价：29.80元

《我记得你说过的每句美好》
简介：独木舟、夏七夕、七微等名家用真挚的笔触探究青春的色彩。
定价：29.80元

"深夜暖心"系列

《这世间所有的纸短情长》
简介：织梦人张芸欣在深夜为你点一炉青莲之香，寻找渐渐远去的青春与少年。
定价：29.80元

《世界那么大，命中注定遇见你》
简介：每个人都会接触形形色色的人，又会和一些人聚聚散散，马叛说：这些相遇都是命中注定。
定价：29.80元

《我不怀念你，我只怀念有你的往昔》
简介：继《左耳》之后深入骨髓的疼痛青春，每个人都可以在她的故事中找到原始的自己。
定价：29.80元

《花与巡夜人》
简介：国内一本填色减压故事书，抚触你的心灵，治愈现代人的都市病症。
定价：36.90元

"十八而志"系列

《少年从不等风来》
简介：关于年轻人的追梦故事，他们用自己的特立独行，创造属于自己的天地。
定价：29.80元

《你的人生不需要别人点赞》
简介：大人物从这里起步，成就了丰盈的人生。数百篇故事告诉你成功者的秘密。
定价：29.80元

《逆光飞翔，微芒盛放》
简介：名人的磨难被晾晒成坚强，带给你十八而志的青春励志的正能量。
定价：29.80元

《像明星一样去战斗》
简介：数十位明星的奋斗史。逆袭背后，都是平凡生活中的伟大梦想。
定价：29.80元

"初心讲义"系列

《把你所有的不安都交给我来暖》
讲给你听，117个如同心灵抱抱的故事。
定价：29.80元

《所有人的坚强，都是柔软生的茧》
玻璃心的朋友们，看这里！讲给你听，125个含泪奔跑的人生故事。
定价：29.80元

《生命中除了爱，其他都是行李》
讲给你听，召唤小确幸的111个故事。
定价：29.80元

《都道初心不可负，而初心是何物》
133个初心故事，既有明星大家，也有平凡人物，从故事里闪耀初心的光芒。
定价：29.80元